江戸から見ると 1

田中優子

青土社

目次

I　2015年

II　2016年

江戸から見ると　1

I　2015年

戦争の足音

法政大の四月新学期は例年、桜吹雪の中にある。市ケ谷と飯田橋のほぼ真ん中、外濠《そとぼり》公園に沿って建っているので、外濠の桜が言わば借景になっているのである。一九七〇年に入学した私は、昔からそういうものなのだろうと思っていたが、江戸時代のことを知るようになってからは、この桜が近代のものであることに気付いた。

向島の桜並木、飛鳥山、品川の御殿山、上野山の桜などは、徳川吉宗を含め、江戸時代に武家町人を問わず多くの人の手によって植えられた桜の名所である。ただしそれらはヤマザクラであって、今東京で咲いているソメイヨシノではなかった。しかも、歌川広重「名所江戸百景」（一八五六〜五八年）には幕末の桜の名所が多く出てくるが、市ケ谷の桜は亀岡八幡宮の中で咲いている。現在の新宿御苑（江戸時代の高遠藩・内藤家下屋敷）前を通っていた玉川上水土手の桜並木も描かれている。しかし外濠の桜は描かれていない。

一九三〇（昭和五）年にできた法政大の校歌の一節「見はるかす窓の富士が峰の雪　蛍集めむ門の外濠」――ここにも桜は出てこない。ソメイヨシノは幕末に開発され明治に広まった。外濠の桜は一八九六（明治二九）年に四谷あたりに植えられ、徐々に人の寄付によって増えていったという。桜並木はいつも、ボランタリーに、人から人への継承によって造られてきたのである。

品川の御殿山も、この「名所江戸百景」に描かれている。しかしその光景は悲惨なものだ。桜が植えられ大切にされて約二〇〇年。御殿山は、大砲を据え付けるためのお台場の建設用に大きくえぐられ削られた。戦争準備の光景。広重はあえてその姿を描いたのだった。戦争の足音が聞こえる。

これから毎週、ものや人や風景を取り上げながら、江戸から見る今の東京、日本、時には世界について書いていきます。どうぞお楽しみに。

（'15・4・1）

循環の回復を

歌川広重「名所江戸百景」（一八五六〜五八年）のほぼ八割には、水が描かれている。海、川、運河、水道、ため池、内濠《うちぼり》、外濠などだ。眺めるためではない。船が通り人が渡る。飲み水が配水され、農業や庭園に使われる。江戸は水の都であった。真夏は風が渡り、空気が冷やされた。さらに旅人が日にさらされるリスクを避けるために、主要街道には並木を造るのが常であった。

さて、江戸に張り巡らされた水である。法政大の正門前には外濠の水が流れている。江戸時代の外濠に桜がなかった話をすでに書いたが、濠なのであるから水はあった。「名所江戸百景」では、市ケ谷の八幡宮、日枝神社の祭り、弁慶濠、赤坂溜池《ためいけ》、水道橋の絵に見えるのが外濠の水である。しかし江戸時代の外濠と今の外濠は、その本質が変わってしまった。

江戸時代は江戸を挟むように流れる大河である隅田川と多摩川が、外濠でつながっていたのである。外濠の水が循環し、内濠やそのほかの堀および、暗渠《あんきょ》となっている各所の水道とつながり、東京湾に流れ出ていた。しかし今は、市ケ谷から四谷方向に少し行くと水が隠れる。紀尾井町で弁慶濠が現れ、赤坂でまた水が見えなくなり、溜池は名前のみ残る。「外堀通り」は自動車道路になり、浜離宮に至る。見た目の問題だけでなく、実際に多摩川の水は流れ込んでいない。かつては、外濠でもっとも高い位置にあった四谷の真田濠に玉川上水の水が入り、外濠全体が流れ、江戸の水の循環をつくり出していたのだった。

陣内秀信教授が率いる法政大エコ地域デザイン研究所は、水が停滞してしまった外濠に再び玉川上水の水を引き込み、自然の流れをつくり出して水質を上げようと計画している。詳しくは法政大エコ地域デザイン研究所編『外濠』(鹿島出版会)をお読みいただきたい。外濠の江戸と今とこれからが分かる。

('15・4・8)

沖縄からの問い

外濠《そとぼり》公園沿いの法政大ボアソナード・タワー二一階に沖縄文化研究所がある。本土における沖縄研究の拠点だ。この研究所は沖縄がいわゆる「復帰」をした一九七二年、当時の中村哲《あきら》総長がつくった。

それ以前から法政大は沖縄研究のメッカで、七〇年に入学した私は沖縄文学研究の第一人者である外間守善《ほかましゅぜん》の講義を受けた。

研究所ができたその七二年、今の日本を左右する二人の青年が法学部に在学していた。ひとりが菅義偉、もうひとりが翁長雄志である。四月五日の、この二人がテーブルをはさんで鋭く対峙《たいじ》しているシーンは、私はもとより、法政大関係者には特別な意味をもっている。沖縄研究、そして「復帰」からのこの四三年は、いったい何だったのだろうか、と問わざるを得ないのだ。

江戸から見ると、沖縄は二つの概念で言い表すことができる。ひとつは独立国・琉球つまり日本《やまと》ではない国。もうひとつは、複数回にわたるやまとによる侵略の歴史である。一度目は一六〇九年の薩摩の軍事侵略、次は一八七二〜七九年の琉球処分、そして一九四五年の沖縄戦も捨て石とされた。今回もまた、自治へ侵略という形でそれは繰り返されるのか?

それでも沖縄が七二年に日本になったのは、日本が戦争を放棄した国だからであった。七〇年かけて日本人がつくり上げてきた世界でもまれな戦争放棄という理想を捨てた時、沖縄は日本であり続ける意味を失う。

江戸時代、鉱山をめぐって幕府と対峙し藩を守り抜いた秋田は、何度も通った大好きな県である。菅官房長官はその秋田県で生まれ育った。彼は日本の憲法のもとに参じた沖縄の意思を、どう思っているのか? これから地方創生の要となる地方自治を、どう考えているのか。この国土に生きる現実の人間と「国」との関係を、問わねばならなくなった。

('15・4・15)

国家の宗教利用

東京都千代田区に「町名由来板」というのがあって、私は「永田町二丁目」の板を書いている。全部でいくつあるか、その数は知らないが、江戸や明治の記憶が失われる中、とても大切な試みだと思う。ぜひ全国でおこなってほしい。

二〇二〇年を目標に、これから作るところは英語表記も加えるのがいいだろう。「町名由来板」は町の名の由来だが、千代田区はそれだけではなく、「まちの記憶保存プレート」も設置しており、五七にのぼる坂の解説もしている。

その永田町二丁目だが、前に書いたように、今は市ケ谷の少し先から外濠《そとぼり》の水が途切れ、それが再び姿を現すのが弁慶濠で、その濠にかかる弁慶橋があり、その先の濠がなくなるあたりに町名由来板が設置されている。かつては水がきれいで、濠ではカニを取ることもできたという。このかいわいに江戸時代には馬場があり、永田さんという旗本の屋敷があってその馬場を「永田馬場」と言ったのである。

近くに山王権現（日枝神社）があるが、かつてはそこにため池があった。それは玉川上水から配水するようになるまで、江戸の水道の水源だったという。まさに命の源だったのだ。山王権現を、江戸の人たちが「山王様」と呼んで親しんでいたのは、そういう理由があったのである。

「夏は溜池《ためいけ》の水で水遊び。旗本屋敷の庭園の緑が照り映え、茶屋が点在する――ここは、江戸のオアシスだったのです」と私は板に書いた。

山王様が水源であったように、神社は土地の成り立ちに関連があった。だからこそ仏教寺院も寄り添っていた。明治政府はそれを単なる「宗教」と勘違いして仏教寺院を分離し、神社を国家神道に組み込んだ。山王様は日枝神社と名前を変えさせられ、神田明神は神田神社とされた。信仰は政治に利用される。いま世界で起こっていることも、それと無縁ではない。

（'15・4・22）

経世済民の会社

法政大のホームページに、私は対談ページ「法政オンライン」と「総長日誌」を持っている。先日の対談では、少子高齢化を迎えるこの日本で、企業と大学のこれからをどう作っていくのか、極めて示唆に富んだ話をうかがった。

毎年三月、法政大では「日本でいちばん大切にしたい会社」大賞表彰式がある。この中心となっている坂本光司教授は、全国の中小企業約七〇〇〇社を調査し、あることに気づいた。黒字経営で業績が良好、しかも長続きしている会社は、社員をはじめ取引会社、顧客、地域、社会的弱者など全てのステークホルダーを「幸せにしている」会社なのである。

すっかり忘れられているが、江戸から見ると「経済」とは「経世済民」の略であり、経営によって万民を救済する、という意味なのである。坂本教授の考えが説得力を持つのは、倫理道徳を説いているのではなく、調査に基づき、日本には実際に経世済民の会社が多数存在している事実を、数値をもって語っておられるからである。

働く者も顧客も人間である。それこそが現実であり、その現実を知ることから未来が開かれる。働きがいのある職場で、真に求められている良い商品を作り、質の高いサービスを提供すれば顧客は喜んで購入する。価格競争は不要だ。それがもっとも現実的な「経済」の動きなのである。

では社員の幸せとは何か？　これには多様性がある。時間いっぱいに働いてお金を得たい人、短時間働き生活とバランスをとって生きたい人、病や障害ゆえにゆっくり継続的に働きたい人。だからうまくいく。一様であるより多様であることが、互いを補い合う。これが本来のコミュニティーであった。幸せの多様性は競争を超える。

あるべき経営はあるべき社会の姿だ。大学もグローバル化を競争の道具にしたら道を誤る。選ぶべきなのは独自性《オンリーワン》と多様性への道なのである。

（'15・5・13）

よみ人知らずの哀歌

旧暦では一月から三月が春なので、四月一日は夏の始まりだ。今年の場合、その日は五月一八日にあたる。夏になったのだ。これから約ひと月が初夏である。

初夏といえば初鰹《がつお》。初鰹で思い浮かぶのが日本橋だ。日本橋には魚河岸があった。そして五街道の出発点であり高札場でもある。人が集まる要素がそろっている。浮世絵の格好の舞台となった。そのなかでも歌川広重「名所江戸百景」の「日本橋江戸ばし」はぜひご覧いただきたい。ちょうど今の季節、鎌倉沖に現れる鰹が日本橋魚市場に搬入された。夜明けに市場で待つ魚屋たちはいっせいに買い付け、お得意さんたちの住まいや店に駆け出していく。この絵には顔を出したばかりの太陽が江戸橋の向こう、小網町に建ち並ぶ白い漆喰《しっくい》蔵の上に赤く輝いている。右手前には土手蔵が並び、朝早くから舟が行き来する。そして日本橋の上では、桶《おけ》に入った鰹一尾が宙に浮いている。振り売りの魚屋がかついでいて、そのほんの一部がかいま見えるのだが、それが魚屋の疾走をリアルに想像させる。太陽が昇る、魚屋が駆け出す。こんなに急いで売っていたのだ!

冷蔵冷凍庫のある今日、魚屋は走らなくてよくなった。旬もなくなった。関東大震災後の一九三五年に魚市場は築地に移り、その築地魚市場も来年には豊洲に移る。築地にはかつて、米国の水爆実験で被ばくした第五福竜丸の魚たちが水揚げされ、セリが中断したという。こんどの豊洲はベンゼンやヒ素の土壌汚染問題で紆余《うよ》曲折の末、移転が決まった。同じ初夏でも日本橋川は高速道路に隠されて暗く、浮世絵の目の覚めるような水の色とはほど遠い。

「ほととぎすなく声きけば別れにし故郷《ふるさと》さへぞ恋しがりける」――「古今和歌集」の夏歌がどこかから聞こえてきた。故郷とは江戸か、それとも出郷せざるを得なかった人々にとっての福島か? 過酷な時代である。

('15・5・20)

「平和」という包み紙

「平和」ばやりである。安全保障法制が国会審議入りした。武力攻撃事態法の改正案、自衛隊法の改正案、周辺事態法の改正案など既存の関連法一〇本を一括して「平和安全法制整備法案」と言っている。

他国軍を弾薬や燃料給油によって後方支援する法案は「国際平和支援法案」と言うらしい。実に平和的ですてきだ。これから全ての戦争が「平和」と「安全」という言葉で語られるのだろう。核の「平和」利用による絶対「安全」な原発のごときである。「安全」が原発の包み紙だったように、「平和」はついに戦争の包み紙になった。

江戸時代では「泰平」と言った。それは幕府ではなく庶民が実態に即して言ったのである。海外侵略を取りやめ、武士は鉄砲を放棄した。参勤交代は内戦を終結させるためだった。戦争がないので、焼失した江戸城の天守閣は二度と再建されなかった。日光東照宮の眠り猫は泰平のシンボルとして彫刻され、見ざる聞かざる言わざるの三猿は、暴力や悪態を見聞きさせず穏やかで良質の社会を最初に刻みつけるための、子供の教育法として普及したのである。

べつだんアメリカのような他国がそれを支えたわけではない。江戸時代の日本人が自らそれを選んだのだ。戦争が無いということは農村が荒廃せず、働き手がいなくなることもなく、農林水産業や家内制工業に人の能力とエネルギーが集中することだった。それを「泰平」と呼んだのである。新しい技術開発と商品流通が活発でイノベーションの連続であった。諸藩は緊縮財政の上、他藩との差異化を図らねばならない。良くも悪《あ》しくも、戦争事態を想定する経済的、時間的余裕はなかった。

実力を持つとは自らに交渉力を含む能力をつけることであって、他者に力をふるうことではない。彼らはまず能力獲得に集中した。その現実の総体を「江戸文明」と呼ぶ人もいる。

（'15・5・27）

着物で考える自立

六月三日は旧暦の四月一七日にあたり、今日は満月である。晴れればよいが……。

六月は衣替えの月で、一日に着物は袷《あわせ》から単衣《ひとえ》になった。七月、八月はさらに透けるような薄物を着る。着物は季節に敏感な衣類なのだ。しかしこの六月の衣替えは明治以降の習慣で、江戸時代は夏が始まる旧四月一日が衣替えであった。そういう話をしていたら、着物好きの友人が言った。「そうなの⁉　今年、袷は暑かったわよね。一七日も前から単衣になっていたら、さぞかし楽だったでしょう。やっぱり旧暦の方が季節に合っているのかしら」

私もそう思いたいが、しかし違う。旧四月一日は単衣に衣替えする日ではなかった。「わたぬき」の日、つまり綿入れの着物から真綿（蚕の繭をのばしたもの）を抜いて袷にする日なのである。綿を抜いたあと、夏至（今年は六月二一日）または端午の節句（同二〇日）あたりまでは袷を着る。それはさすがに暑い。江戸時代は今より寒冷で、しかもヒートアイランド現象がなかったからであろう。

さて、端午の節句あたりから秋が来る旧七月までは単衣や薄物ですごし、旧八月あたりからは、その着物に裏をつけて袷で過ごし、旧一〇月一日の衣替えで、二枚の布の間に綿を入れる。そこから半年、綿入れで暮らすのである。季節の寒暖には空調によってではなく、布によって対応していたのである。しかもこの作業を想像してみると、極端に言えば着物一枚で暮らせたことがわかる。

江戸時代の日本にウールや毛皮を売りに来た英国やロシアが商売にならなかったのは、絹や木綿や麻の布や糸、そして蚕の繭を見事に使いこなし、和紙や樹木や漆や土でさまざまなものを作っていたからであった。グローバル化とは大国に従うことではなく、自らの土地の風土、気質、技術を生かして自立した生き方を編み出すことだったはずだ。

（'15・6・3）

新しい自由

めいの夫婦が子供を連れて鳥取の山中の町に越した。「自然が豊かで水も空気もおいしく、古い山村の風景が残っているとてもいいところです」という知らせをある時受け取った。夫は好きな仕事に打ち込み、子供は、森など野外で過ごすことで知られた幼稚園に入園して毎日元気に自然と戯れているという。この子は二〇一一年四月に生まれたのである。その時は安全な水をかき集めて送ったほど心配した。もうひとりの幼子も、よく食べよく飲み元気に育っているらしい。「収入面はやや厳しい」と言いながらもそれを笑って報告できる健全さと「新しい自由」を、私はそこに感じた。

総長になってから、法政大学の建学の精神とされる「自由」という言葉が気になっている。ホームページ上で卒業生たちと対談を行っているのだが、必ずそこには「自由」というキーワードが登場するからだ。私も学生時代には思う存分自分の頭で考え、好きな研究に打ち込む自由を味わった。自分の主張を押しつけることなく、学生の自主的な活動をサポートする教職員たちの姿勢は、確かに校風なのである。めい夫婦も、その校風の中で学んだ。

今は、他人を無視して自分の意のままに振る舞うことを「自由」とする。しかしあるとき農村で暮らす哲学者の内山節の文章の中に、「自然との自由な関係、労働との自由な関係、人々との自由な関係」という言葉を発見した。これらは、都会を離れて農山村に移住していく人々が、現実に実感している自由なのである。

都会に暮らし企業で働くことの中に自由を求めた高度経済成長時代の人々は、金銭こそが自由を得る手段だと考えたかもしれない。しかし今や貧富に縛られる社会が現出している。だからこそこれからの地域には、自らが自然やコミュニティーや協働に対して主体的に関わる「新しい自由」が広がっていく可能性がある。

（'15・6・10）

市民教育の時代

憲法は九九条で「天皇又《また》は摂政及び国務大臣、国会議員、裁判官その他の公務員は、この憲法を尊重し擁護する義務を負ふ」と明記している。国務大臣とは、内閣総理大臣以下すべての大臣を意味する。憲法は、国民が守る義務を負うのではなく、これらの人々が守る義務を負うのである。

国会議員が、自分たちの義務である憲法順守に不安を感じた場合、憲法をよく知る学者たちにこれを問いただすのは当たり前の行為であろう。その結果、集団的自衛権は「違憲」である、との判断を示されたら、これを通すべきでないと考えるのも当然であろう。

違憲かもしれない法案が通った場合、どうすればよいのか。司法にこれを問うという方法がある。合憲判断が出た場合、集団的自衛権はそのまま合法として機能する。違憲判断が確定した場合は、これを合憲とするために基準つまり憲法そのものを変える、という動きが始まるだろう。しかしどちらにしても、私たちが覚えておかねばならないのは、「天皇又は摂政及び国務大臣、国会議員、裁判官その他の公務員」に、国民が「何を」守らせるかを決めるのは国民自身、ということなのだ。

江戸時代では、法を作るのは幕府や藩であった。今の日本では、「立憲」をおこなうのは国民である。具体的には私たちが選挙で負託した国会議員たちで構成する「国会」である。私たちが国会を経て立憲し、それを「天皇又は摂政及び国務大臣、国会議員、裁判官その他の公務員」に守らせる。この責任を今こそ痛感しなければならないだろう。日本の運命は天皇が握っているのでも首相が握っているのでもない。私たち国民が握っている。

これを立憲主義といい、日本の基盤である。そしてそれを支える人を「市民」という。選挙権年齢が引き下げられた。あらゆる教育機関が、真剣に市民を育てねばならない時代になった。

（'15・6・17）

慰霊の日に寄せて

六月二三日は沖縄県が制定した慰霊の日であった。沖縄戦はアメリカ軍の上陸によって開始され、日本軍の司令官らが自決したこの日をもって終結とされる。米軍の日本本土上陸を少しでも先延ばしするための戦争であった。

日本は八月一五日を終戦記念日としている。その前日にポツダム宣言の受諾を連合国側に通達し、一五日に昭和天皇が国民に降伏を伝えたからである。その日を韓国は日本からの解放の日としており、アメリカ、イギリス、フランス、カナダ、ロシアでは九月二日が終戦記念日である。これは、日本政府がポツダム宣言の降伏文書に調印した日だ。

さまざまな立場がある。地域や組織によって異なる「戦争を考える日」を増やしていってもよいのではないだろうか。たとえば大学は、一九四三年一〇月二一日を忘れてはならない。学ぶ場所であるべき大学が、学生たちを戦争に送り出した出陣学徒壮行会の日であった。

学生生徒は兵士として送り出されただけではなかった。工場その他、さまざまな労働力に駆り出された。教育機関全体が教育を後回しにして戦争協力をせざるを得なかったことを、これからの問題として考える機会を持ちたい。

ところでポツダム宣言だが、七月二六日には日本政府に通達され、新聞各社も報道してほとんどの日本人はそれを知っていた。沖縄戦終結の約一カ月後である。沖縄では約三カ月にわたって激しい戦闘が繰り広げられ、両軍および民間人の死者は二〇万人を超えたとされる。にもかかわらず当時の政府はポツダム宣言を黙殺した。そして広島と長崎に原爆が投下された。

沖縄、広島、長崎の人々より軍の存続が重要だったのではないか？　ひとりひとりの人間より国家や軍といった組織の方により価値が置かれ、その存続が最重要視される。それが戦争だ。


（'15・6・24）

足もとを見よう

新潟県の佐渡では、江戸時代の金銀山とそれをめぐる文化全体が、すでに世界遺産申請のリストに載っている。そこで佐渡市の依頼で六月二〇日に「世界遺産推進応援」の講演とシンポジウムを開催した。同時にツアーも企画され、少人数の学習ツアーが実現したのである。

佐渡の特徴は、江戸時代に天領として開発されたことである。その結果、中世にすでに流入していた京都の貴族文化の上に、江戸時代の武士の文化が重なった。能舞台が三六もあり、合宿やツアーでは野外能舞台で狂言や仕舞の鑑賞ができる。鷺流、宝生流が継承されており、演者も多い。

佐渡は北前船の寄港地でもあった。多くの物資や人が流入し、豊かな商人文化も作られたようだ。それらの多様な様式が、一〇〇を超える鬼太鼓の舞い方の違いになっている。

元禄時代まで大坂や江戸で流行していた文弥節も流入し、ひとり遣いの人形操りと合体して残った。今回はそれを大崎という集落で拝見した。ここでは地元の食材を日常の料理にして出してくれる。それがまたおいしい。その昼食をいただきながら、集落に伝承されてきた諸芸能を見る。

ツアーの皆さんがトキのためにおこなっている有機農法の水田を見学していたところに、トキが二羽舞い降りて来たという。困難を極めているが確実に自然環境保全も進んでいる。

講演とシンポジウムは北沢浮遊選鉱場でおこなわれた。屋外の星の下である。江戸時代の金銀山は幕府のものだったので、明治になるといったん国のものになり、国から三菱に払い下げられて稼働していたのだが、戦後間もなく停止して廃虚になった。そこをライトアップし、まるでローマ遺跡にいるかのような雰囲気の中で佐渡の面白さを語り合った。日本の足もとを見よう。まだまだすごいものが残っている。

（'15・7・1）

翁長知事の平和宣言

沖縄県の翁長雄志知事が六月二三日の慰霊の日に語った「平和宣言」を読んだ。翁長氏はかねて「イデオロギーよりアイデンティティー」と言い続けてきた。アイデンティティーはさまざまな帰属集団に持つことができる。私は琉球民族のアイデンティティーを思い描いていたのだが、平和宣言を読んで、別の意味が浮かび上がってきた。

平和宣言にはこういう言葉がある。「私たち沖縄県民が、その目や耳、肌に戦のもたらす悲惨さを鮮明に記憶しているからであり、戦争の犠牲になられた方々の安らかであることを心から願い、恒久平和を切望しているからです」と。目、耳、肌が記憶していると彼は語った。だからこそ、犠牲者を思うといたたまれないのだと。全身で記憶している人々のアイデンティティー、それを伝えてきた人々のアイデンティティー、沖縄のアイデンティティーの本質は、そこにあるのでないだろうか?

だからこそ、沖縄県民は日本復帰のとき憲法九条に身を寄せたのである。翁長知事はこう続ける。「しかしながら、国土面積の〇・六％にすぎない本県に、日米安全保障体制を担う米軍専用施設の七三・八％が集中し、依然として過重な基地負担が県民生活や本県の振興開発にさまざまな影響を与え続けています」と。身を寄せた日本国はこの状況を何ら解決しなかった。なぜなのか？　当然そう思う。「国民の自由、平等、人権、民主主義が等しく保障されずして、平和の礎を築くことはできない」のは当たり前なのである。

一方、テロなどの脅威は十分認識しているからこそ「現実にしっかりと向き合い、平和を脅かすさまざまな問題を解決するには、一人一人が積極的に平和を求める強い意志を持つことが重要であります」と。これが安倍晋三首相の「積極的平和主義」と異なることに気付かねばならない。平和はイデオロギーではなくアイデンティティーの核になり得る。

（'15・7・8）

川開きの日に

七月一三日は旧暦五月二八日にあたり、かつて隅田川の川開きの日であった。この日から八月二八日までまる三カ月、両国橋は納涼船や夜店や人でにぎわったのである。この日から水泳も解禁になり、子供が隅田川で泳いだともいう。つまりは江戸の夏の始まりの日である。

川開きは京都をはじめ全国でおこなわれた。夏は疫病が起こり得る危険な季節である。川や運河は日常の道路であったので、一年を通じて事故もあった。川開きはどこにおいても、慰霊や御霊会《ごりょうえ》、そして疫病退散祈願と関係があったのだ。川開きの初日に大きな花火が上げられたが、それも霊を慰め死者を思いおこす行事であって、単なる娯楽ではなかった。

日本には「御霊」という信仰があった。文献で確認できる最初は九世紀である。災難や冤罪《えんざい》で非業の死を遂げた死者の霊は、疫病や地震などの形で現れることもあるが、鎮めまつることで逆にその力に守られ、世の平安が保たれるという考えかたである。祇園祭りも天神祭りもその鎮魂の祭りである。

その背後に、生きる者のある種の「後ろめたさ」を感じ取ることができる。秩序を保ち生き延びるために、社会は犠牲を生み出すことがある。しかしそれを良いとは思っていない。自分が気に入らないからと言って「懲らしめる」「つぶす」「殺す」などと平然と言い放つ心は、日本の信仰の伝統とは無縁なのだ。深い信仰や文化は、むしろ自分の手で抹殺してしまったものや事や人に対する後ろめたさによって作られてきたのである。

夏は戦後の日本人にとって特別な意味がある。多くの命を失い、かつ奪って敗戦を迎えた季節だからだ。隅田川の川開きの日には涙雨が降る、とも言い伝えられている。御霊をまつる日すなわち、今の自分を生かしている、民族国籍を超えたあらゆる非業の死に涙する日だ。

（'15・7・15）

無条件降伏したのは誰?

七月二六日は七〇年前、米国大統領、英国首相、中華民国主席が大日本帝国に対してポツダム宣言を発表した日である。

この宣言からは、重要な考え方を発見することができる。たとえば宣言の四は「日本」と「軍国主義者」をはっきり分けている。日本は、自分を「滅亡ノ淵ニ陥レタル我儘《わがまま》ナル」軍国主義者の指導を受け続けるのか、それとも理性の道を歩むのかを選ぶ時が来た、と述べている。さらに六は「日本の人々」と「軍国主義者」が別のものとして峻別《しゅんべつ》され、日本人をだまして「世界征服ノ挙」に向かわせたのは軍国主義者であった、と書く。最後の一三は、日本政府が軍隊の無条件降伏を宣言し、その行動を制御すべきであると結ぶ。つまり無条件降伏したのは日本軍であり、それをさせた主体は日本国と日本人であった。これはナチとドイツ国民との関係を考えれば分かりやすい。ドイツ国民はこの分離を受け止め、戦後一貫してナチの犯罪を問い、追い詰め、批判し尽くすことで国を変えた。

政治家が靖国神社を参拝したとき、なぜ戦争を語るのだろうか？　信仰の自由があるのだから、参拝の理由は「信者だから」に尽きる。靖国はほかの神社と違って氏子がいない。江戸時代まではなかった、近代の新興宗教であり、戦後は純粋な宗教団体である。正式参拝するのは信者であると考えてよいだろう。信仰告白をしないで戦争を語れば、A級戦犯のことが脳裏に浮かぶ。「この人は日本政府が無条件降伏させた軍部の側なのか？」と、つい考えてしまう。

首相の戦後七〇年談話も、軍部は日本政府や国民とは別のものという認識に立てば、政府が軍隊の行為を制御できなかったことをわび、共に戦争を回避する努力を呼びかければよいはずだ。国と国民と日本軍を区別し、さらに政教分離を徹底することが、新しい安全保障を実施する前に大切な姿勢ではないだろうか。

（'15・7・22）

企業の社会貢献

新国立競技場のてんまつの中で、「なるほどそういうことね」と思ったのは、七月一五日の毎日新聞朝刊に載った、五輪・パラリンピック担当相・遠藤利明氏の説明だった。維持費がかかり負の遺産になるのでは？　という質問に対し、「新国立は世界最高水準の施設として、日本の先端技術のショーケースとして発信したい。難しい建設を可能とする建築技術もそうだが、水素社会の実現のモデルにしたり、大画面、生体認証、通信設備などの技術を集めたり、成長する日本の象徴として世界に誇る施設とすることは財界を含めて多くの合意があった」と説明なさった。つまり、スポーツの素晴らしさばかりではなく、技術の素晴らしさも見せる博覧会の意味を持っていたようなのだ。

それが財界の意思であるなら、ことは簡単なはずである。複数の企業が協力して、建築費から今後の維持費、修理費に至るまで、全額負担すればいいのだ。国民や都民の税金で財界のプレゼンテーションをして差し上げる理由はないし、日ごろ言っている「企業の社会貢献」の最たるものになるだろう。館内館外での企業宣伝も自由にできる。

もしこれが江戸時代であったなら、豪商らが金を出した。鴻池善右衛門は新田開発で社会貢献した。河村瑞賢は日本列島周辺の航路を開発しただけでなく、淀川、安治川をはじめとする治水工事をおこなった。玉川上水は幕府から庄右衛門・清右衛門兄弟が請け負った仕事だが、工費がかさみ資金が底をつくと、兄弟は家を売って自費で工事を続けたのである。伊能忠敬の測量事業も幕府が出すよりはるかに多くの資金を必要とし、忠敬は自己資金で調査を続けた。

このように企業そのものにメリットがなくとも、社会事業は財産を持つ者の務めだったのである。企業の広告メリットがあると主張するならば当然、企業が担うべき事業だろう。

（'15・7・29）

核と生きる日本人

八月六日と九日、広島と長崎に原爆が落ちた日が今年もやってくる。一九四五年のその日から、世界は「核と生きる」時代に入った。しかも終戦から一〇年もたたないうちに、核の「平和利用」が持ち上がり、日本は核の被害者から、積極的利用者になった。

そして今や日本が保有するプルトニウムは約四八トン、原爆約六〇〇〇発分だ。七月二六日の朝日新聞によると、国内で開かれた原子力技術者の国際セミナーで、「核兵器をつくるよう命じられたら従うか」と受講者に問うと、複数の日本人がためらいもなく「Ｙｅｓ」と答えたという。日本人は核と生きる国民になったのだ。

福島の原発事故よりずっと前のある日。私はテレビで文楽を見ていた。近松門左衛門の心中ものだった。途中でニュースを見ようとチャンネルを変えているうちに、場面はチェルノブイリのドキュメンタリー番組をとらえた。しばらく見てまた文楽に、気になってまたドキュメンタリーに、としているうちにめまいがして気分が悪くなった。江戸から見て、なんと過酷で深刻な時代に私たちは生きているのだろう。江戸時代と現代は、核の存在によって全く異質な世界となった。なぜこういう世界を人間は選び取ったのか。その結果はその後、福島の事故により「日本人が選び取った世界」でもあることを実感させられた。

江戸時代の人々にとって、ものづくりの技術の向上とは、可能な限りものごとを制御することだった。そもそも、ものづくりとは自然を人間社会の中に導き入れることであり、それは人間の生命と生活のためなのだから、生命を脅かすものや制御できないものは価値がないのである。ならばなぜ日本人は、自ら被爆しながら、そして制御できないと知りながら「核と生きる」ことを選択したのか？　運命などではなく個々の選択にかかっていることを、この八月にこそ考えたい。

（'15・8・5）

江戸の非戦

江戸時代はなぜ二七〇年間、戦争がなかったのだろうか？　大きく二つの理由が考えられる。一つは経済的困窮。もう一つはそれに由来する制度的成功である。

経済的困窮とは、日本の唯一の強みであった金や銀などの資源が、国内の貨幣をやっと賄えるという程度まで減ったことだ。しかもアメリカ大陸の銀がアジアに運ばれてくるようになり、国際的競争力も落ちた。これでは海外戦争する資金はない。しかも近代国家としての日本も存在しない。徳川家が統一しているが、それはかろうじて三〇〇近い諸侯を治めているのであって、一触即発である。いつの時代も海外戦争は国家統一の手っ取り早い手段だが、それはできない状況だった。

そこで少なくとも内戦を起こさないようにしなくてはならないから、参勤交代という制度を作った。戦争を無くしたわけではなく、仕組みによって抑え込んでいたのである。この仕組みで国内の流動性は極めて高くなった。その結果、資源に頼らない「技術」による生産とその流通のための商業が活性化して内需が拡大し、ますます戦争は不要になった。

この世から戦争というものを無くすことはできるのか？　これは人類の永遠の課題だが、まだその方法は見つからない。そうであるなら、戦争が始まらないようにありとあらゆる手段をとる。これこそが「非戦」という選択なのだ。

八月一五日は終戦記念日である。しかし、戦争が「終わる」ことはあるのか？　戦後の世界は一国だけでなくその全体を見る必要がある。「終戦」後も、朝鮮戦争、ベトナム戦争、中東戦争、イラク戦争そしてテロなど、戦争はなくなっていない。

この世に真の意味での終戦は無い。しかし日本は敗戦し、戦争放棄し、今や負債は一〇〇〇兆円を超える。戦争が始まらないようあらゆる手段をとる「非戦」への条件がそろっている。


（'15・8・12）

秋の狂歌

八月二〇日は旧暦七月七日。正真正銘の七夕である。旧暦七月一日から秋が始まり、その少し後に七夕となる。暑くともどこかに秋を感じるのは、日本列島に秋風が吹き始めたからであろう。

「風」が秋を象徴してきた。「秋きぬと目にはさやかに見えねども風の音にぞおどろかれぬる」という藤原敏行の歌は、江戸時代にもよく知られていた。鈴木春信の浮世絵では、水辺の座敷にたたずむ女性が着物の胸もとを大きくあけて風を感じている。その姿の上に、この歌が配置される。「秋きぬと風がしらすや文月の封じをきりの一葉ちらして」という狂歌はその歌のパロディーだ。秋風女房という女性の狂歌師が詠んだ。文月は七月だが手紙をも意味し、その手紙の封を切るのとキリの葉が散るのを重ねている。女性が手紙の封を切る歌は恋の歌である。

狂歌とは主に古典のパロディーによる笑いの文学だ。江戸時代中期に爆発的に流行した。俳諧がちょっと真面目になり過ぎたので、狂歌や雑俳（そのひとつが川柳）による笑いが勃興したのである。日本人は常に笑いを求め、笑いを作り続けたのである。

狂歌の傑作を作っていたのは武士の大田南畝《なんぽ》（蜀山人）である。南畝の狂歌に「かくばかりめでたくみゆる世の中をうらやましくやのぞく月影」という秋の歌がある。これは「かくばかり経がたく見ゆる世の中にうらやましくも澄める月かな」という藤原高光の歌のパロディーだ。濁った人の世を憎んで澄んだ月を羨ましがるその視線が、月面に立ってこちらを見る視線にひっくり返ると、水と緑に満ちた地球は確かにすてきであろう。「天の川流れ渡りのもろかせぎ牛を彦星はたを織姫」という七夕の歌は、転々としながら共働きで食いつなぐ懸命な夫婦の汗まで見える。

江戸の笑いは、現実を生きる人間の生命へのいとおしさに満ちている。

（'15・8・19）

死者の想いとつながる

盆の季節となった。今年は八月二八日が旧暦の七月一五日で旧盆である。江戸時代、盆行事や盆踊りはその満月の下でおこなわれたのである。いま旧盆を守って日程を変動させるのは沖縄県のみだ。

二〇〇六年八月八日、旧盆の日に私は石垣島にいた。大学院生の実家で、九つの塗りわんに地元の産物で作った九種の料理を入れて仏壇に供える「霊供膳」を見た。庭では施餓鬼供養もおこなわれた。

その後小浜島に渡った。ここでは、芭蕉布を着た若者たちが北と南に分かれ、三味線、鳴り物、太鼓などを携えて一晩中個々の家をまわり、家人とその家の死者とともにうたい踊る。送り火の煙が立つ。月がとても明るかった。夜明けには赤いはちまきで女装し、朝日が昇ると長老とともに、若者たちが結集する。盆は満月に照らされて、全ての世代が寄り添い死者とともに過ごす夜であることを、初めて体感したのである。

後に一一年三月から「鄙《ひな》への想《おも》い」という連載を始めたとき、その第一章を「人間は死者の想いとつながって生きている」とした。そして今年、戦後七〇年のこの旧盆に、戦争を知らない世代の私は、再びその言葉をかみしめている。

「あの戦争には何ら関わりのない私たちの子や孫そしてその先の世代の子どもたちに、謝罪を続ける宿命を背負わせてはなりません」と安倍晋三首相は談話で述べた。そして強調したのは「感謝」であった。この談話には過去から未来へ、謝罪から感謝への転換がある。しかし私はこの談話の全体に「死者の欠落」を感じる。

「尊い犠牲の上に現在の平和がある」と談話は言う。しかし息子を失った私の祖母は、それを「尊い犠牲」ではなく、痛恨の思いで「無意味な死」と受け止めていた。沖縄が日米関係の「尊い犠牲」と言われてはならないように、戦争の死を「尊い犠牲」としてはならない。それが死者の想いとつながる、ということだ。

（'15・8・26）

文理融合の時代

今、国立大学の姿勢が問われている。文部科学省が組織の見直しを提案し、「人文系不要?」「理系だけにするの?」と、さまざまなところで話題になっているのだ。

実際は教員養成系と人文社会科学系の学部・大学院に対し、「組織見直し計画を策定し、組織の廃止や社会的要請の高い分野への転換に積極的に取り組むよう努めること」という文言である。「つぶせ」と言っているわけではない。「人文系不要論」だと言われるのは、こういう要請が、ほとんどの場合交付金と関連しているからだ。「廃止」「転換」を表明しないと、交付金を削られると大学側は考える。

ところで江戸時代は、学問とは四書五経を学んで思想を深めることであって、役に立つことを学ぶことではなかった。役に立つことは、もう子供の時に寺子屋で学んでいる。読み書き、算術、手紙の書き方である。丁稚《でっち》に入っても、農業や職人仕事でもすぐ使える。

なにしろ教科書は「商人往来」「百姓往来」「番匠往来」と仕事直結型である。役に立つ教育がまず基本だったのだが、それは子供のころにすることだった。

高等教育における学問ということになれば、それは人間として、また社会のリーダーとして「徳」を身につけることだった。「論語」を思い起こせばわかりやすい。「学びて思はざれば則《すなは》ちくらし、思ひて学ばざれば則ちあやうし」ということを心にとめて、「思い考える」ことと「学ぶ」ことを同時におこなっていくのがまさに学問だが、簡単ではない。本を読むことで人間として成長し思想と価値観を確立すること。それこそが人文学だ。学問とはいつもそういうものだった。理系教育こそ、それが必要になっている。

国立大学は「人文学系廃止」という愚挙には出ないはずだ。時代はむしろ文理融合や文理同時履修に向かっている。組織再編をして看板をかけかえ、融合をますます進めるしかない。

（'15・9・2）

九・一一を思い出そう

ニューヨークで同時多発テロがあった年から一五年目の九月一一日がやってくる。日本は三・一一という恐るべき体験をしたので、九・一一の記憶はすっかり薄れてしまった。しかし今年は思い出さねばならない。アメリカと軍事的に同じ道を歩もうとするなら、あの記憶を共有し、同じ運命に遭う覚悟はすべきだからだ。

毎日新聞八月二八日朝刊「ひと」で、平和学者のヨハン・ガルトゥングさんは「集団的自衛権を行使すれば、報復が予想され、日本を不安定化させる」と、まさに同じ懸念を警告している。ガルトゥングさんは「積極的平和」という言葉を最初に使った人だった。しかし意味も英訳も異なる。同二六日の朝日新聞によれば、ガルトゥングさんの「積極的平和」はPositive Peaceで、日本政府の「積極的平和主義」はProactive Contribution to Peaceである。こちらは率先して行う平和への貢献（分担）という意味で、自立した思想ではなく、アメリカの持つ抑止力の分担という含意が透けて見える。ガルトゥングさんの「積極的平和」は、貧困や差別を含めた構造的暴力の無い状態を意味するという。めざす到達点が憲法九条より厳しい。

ところで朝日新聞のインタビューでは「江戸時代は、消極的平和です。戦争はなかったものの、対外関係で何もすることがなかった」と発言された。江戸幕府による、朝鮮王国との和解に向けたプロセスや内戦抑止の仕組みについて、広く知られていないようで残念だ。しかし貧困や差別も含めるのであれば、確かに江戸時代に構造的暴力は存在した。

一方、東アジア諸国による領土領海の「共同管理」案は同感だ。江戸時代に入会地はどこにでもあり、それが里山を中心にした生活を支えた。互いの排除は貧しさにつながり、共同性は豊かさへの道だ。欧州連合は困難な道を歩んでいるが未来がある。東アジアはどうなのだろうか。

（'15・9・9）

日本初の春画展

九月一九日から一二月二三日まで東京・目白の永青文庫で日本初の本格的春画展が開催される。永青文庫といえば細川家のコレクションを管理展示する権威ある美術館で、元首相、今は陶芸家・画家の細川護熙氏が理事長を務める。

ここに至るまでは長い道のりだった。日英米の江戸研究者たちによる春画の研究は一九九三年、ロンドンで始まった。浮世絵研究者だけでなく、当時は編集者だった故・白倉敬彦や比較文化の芳賀徹、社会学者の上野千鶴子、インディアナ大学のスミエ・ジョーンズなどが集まっていた。私もその一人で、このとき大英博物館のティモシー・クラークの助けで初めて所蔵品をじかに拝見し、春画の品格と技術の高さに驚がくした。

それからは日英米でワークショップが続けられ、大英博物館の喜多川歌麿展につながったのである。この時、歌麿の春画の優品が多数出品されたが、巡回した千葉市美術館では春画がすべて外された。その後、欧州で春画展が相次いだ。白倉氏の尽力で日本の出版界では完全解禁状態になったにもかかわらず、日本で春画展は開催されなかったのである。

そして二〇一三年秋から一四年にかけて大英博物館で開催された春画展には約九万人が来館し、その五五％が女性だった。とりわけ、陰湿さとは正反対の春画のユーモアと開放性に、多くの人が驚いたという。

しかし、この巡回を日本ではどこも引き受けなかった。クレームを恐れる自主規制である。二〇年前と何も変わらなかったのである。この状況を見かねて、細川氏が開催に踏み切った。「義侠《ぎきょう》心《しん》から」と言うがそれだけではない。ご自身が画家でもあるそのまなざしは、春画の笑いをまっすぐに受け止める。

武家がとりわけ優れた肉筆画をもっていた。今回初めて細川家の所蔵品も出される。江戸研究の画期的な年になる。

（'15・9・16）

普通の国をめざして

九月二七日は中秋の名月だった。つまり旧暦の八月一五日である。旧暦では七月から秋。まさに秋の真ん中だ。

北京大学にいたとき、学生たちが中秋を祝うのに驚いた。舟を浮かべて月を愛《め》で、外を歩きながら月を楽しむ。なるほど刺すように澄んだ大きな月で、雨や台風やもやが多い日本の風土とは異なる。同じ行事でも、風土によって月さえも違う。それが国の個性だ。

「普通の国」という言葉は誰が言い出したのか知らないが、よくもこれほどつまらない言葉を発明したものだと思う。凡庸に軍隊を持ち凡庸に軍事的解決をし、簡単に軍需でもうける国という意味で使う。ここには理想もなければ矜持《きょうじ》もなく、めざすものは安易だけである。しかも地球上に「普通」はどこにもない。人が個性を持つように、国はその地勢、風土、歴史、言語、生活の積み重ねによって独自性を持つ。「普通の国になる」という発想は、その独自性を自ら捨て去るという意味である。個々の存在理由を「もったいない」というが、「もったいない」のない国になるという願望を抱く国民は、世界中探してもそうはいないだろう。かなり普通ではない。

九月一九日未明、日本はその「普通の国」への道を踏み出した。普通の国になりたい人たちが思い浮かべる普通とは、アメリカのことかもしれない。しかし米国もまた、弾圧から逃れた人々が人権を主張しながら、硬質のジャーナリズムを育ててきた普通でない国だった。その人権の闘いを知らないまま上澄みをまねることを普通の国と言うのか？　江戸時代までは、中国に比して日本はいかなる独自の風土、歴史、言語を持っているかを真剣に考えたのが国学者であった。しかし今のナショナリストはそれを捨てて普通の国になりたいと言い、それが安全保障関連法の成立に結実した。独自性を捨て去った日本は、どういう「普通」を実現するのか？

（'15・9・30）

マララさんが教えてくれたこと

法政大には英語のみで授業を受けるグローバル教養学部や大学院があり、これからは英語での受講と単位取得が全学に広がっていく。いわばキャンパスの多様化、グローバル化だが、考えてみれば江戸時代の藩校では四書五経を学んでいたのだから、やはり外国語で勉強していたのである。他の言語で学ぶことは思考力を鍛える。

多様化に従って秋入学生・卒業生も増えてきた。入学卒業をいっきに秋に変えるという案は実現されなかったが、実際は徐々にそうなっている。大学の学期が半年となり「春学期」「秋学期」に分かれた。さらに分割して四学期制をとる学部もある。留学して帰ってくる学生や、就職活動や公務員試験を半年延ばしたい学生も現れた。帰国子女入学者や日本語のできない留学生も秋に入学卒業しはじめている。

困るのは総長だ。三月の学位授与式と四月の入学式のために告辞・式辞を十分に練る。

それを半年後も行わねばならない。四月の入学式のとき、新入生たちと同世代のノーベル平和賞受賞者マララ・ユスフザイさんをとりあげた。彼女が語るように、新しい時代には新しい学校が必要になる。これは明治時代に若者たちが法政大の前身を設立したことと同じ意味を持つ、と話した。そして先日の秋入学式のときは、その続きを話すことにした。マララさんは七月にシリア難民たちの学校をつくった。ヨーロッパになだれ込むシリア難民のことは誰もが知っている。しかしシリア周辺にとどまっている難民に、もっと目を向けねばならない。

テロリズムを止めるには、あらゆる児童が質の高い教育を受けられるようにすべきで、子供たちに銃のかわりに本を与えねばならない、とマララさんは主張する。全くそのとおりなのである。教育の基本を一八歳の少女に教えられたことが私はうれしくてしようがなくて、思わず式辞にその気持ちが出てしまった。

（'15・10・7）

風の人

ジャーナリストでソーシャルメディア研究者の藤代裕之は、いま法政大社会学部の准教授だ。その藤代ゼミが「地域ではたらく『風の人』という新しい選択」なる本を出し、ゼミ生たちの企画で記念座談会を開催した。そのゲストに呼ばれた。「土の人」が地元に生まれ育った人、「風の人」が外からやってきて地域を変えていく人。両方で「風土」である。いま地域は「風の人」を必要としている。若者たちの新しい意識が「私たちはどうすれば風の人になれるのか」と問いかけた。

「江戸時代にも風の人がいたのですか?」と聞かれた。そう、江戸時代にはとても多くの職種が風とともに生きていた。その漂泊民たちが定住民の文化を変えた。漁師は和歌山と千葉のあいだを移動しながら漁をしていたので、優れた漁法が関東に伝えられた。マタギは猟で仕留めた熊を薬にして全国を売り歩いた。出雲を拠点としていた「おくに」率いる芸能集団は全国を移動しながら、京都で興行した傾《かぶ》き踊りが京都の女性たちによって受け継がれ、歌舞伎が誕生した。芭蕉は俳諧の質を一挙に高めた人だが、それは江戸と嵯峨に拠点を置きながら全国を旅して指導したからである。共通しているのは、拠点とネットワークを持っていることである。

一方、武士の中には都市生活に疑問を持つ者もいた。千葉県茂原市で育った荻生徂徠は本を自力で読み解き自分で考える力を得た。農村の暮らしを体験し、そのつらさも利点も理解した。その後、江戸にいる武士たちのダメなところを鋭く指摘し、武士は農村に暮らすべきだと書いた。都市は貨幣なしでは生きられない旅宿のようなものなので、金ばかり考えるようになる。医者も金のために患者をたくさん抱えておざなりの治療になるので江戸には名医がいない、と。地方を拠点としながら生きる「風の人」は確かに、可能性に満ちた選択肢なのである。

（'15・10・14）

一葉の十三夜

ＢＳ－ＴＢＳに「林修・世界の名著」という番組がある。林修さんと対談しながら自分が名著だと思う本を紹介する番組で、存分に話すことができて楽しい。私は樋口一葉の「たけくらべ」を選んだ。

題名は「伊勢物語」にある男女の相聞歌から「たけ」「くらべ」という言葉を採り、組み合わせている。全体が題名と同様に極めて緊密な対構造になっており、それを赤と白、布と花などの象徴で構成している。また、決して内部を描かない吉原遊郭を中心に、物語がその周辺を周回し、全体が音曲にあふれるミュージカルのような小説でもある。古典文学の象徴性にあふれ、それが綿密に積み上げられた極めて美しい構造をもちながら、内面の苦悩の描き方は近代小説である。

ところで今年の一〇月二五日は旧暦の九月一三日、つまり「十三夜」である。中秋の名月に次いで月が美しい日とされる。一葉に「十三夜」という作品がある。こちらは題名が示唆するように「欠如」と「不均衡」の物語だ。貧富の格差と家庭内暴力のなかで、シンデレラのような結婚による出世は、本当に女性にとって幸せなのだろうか、と問われる小説だ。十三夜の月が、悔恨を照らし出す。

「たけくらべ」も「十三夜」も「女の出世」をめぐる物語だ。どちらも他者から強いられたわけでもなく自ら望み決断した人生だが、現実に生きる毎日は家族や社会や経済問題とのあつれきにさらされる。一葉本人がそうであった。女性の職業の範囲は格段と広くなり地位も向上したが、乗り越えねばならない事柄はたいして変わっていない。いかなる場合も、外の基準によって生きるのではなく、自分の思想を鍛えることで、自由を生き抜くためのしなやかで強じんな芯を創り続けるしかない。

私はかつて「樋口一葉『いやだ！』と云ふ」という本を書いた。どのように拒否するかも、生きる上で大事だ。

（'15・10・21）

人権から考える

江戸時代は現代とは異なる良い面がいろいろあるが、もちろん劣悪な点があった。その最大のものが、人権概念が無かったという事実である。人権は一八世紀のヨーロッパで生まれた概念で、性別、国籍、年齢を問わずこの世に生きるすべての人びとが平等にもっている人間らしく生きる権利のことである。社会を無視して勝手に行動する権利でも、義務を果たさない権利でもない。公正さ、自己決定の自由、生存権が合わさって人権となる。大事なことは、人権はそれが侵されたときに要求するものだ、ということである。

非難されることを恐れて我慢してしまうと人権意識は薄れ、社会は劣悪になる。自分のためではなく、社会と世界のために人権は要求しなければならないのだ。

私は三〇年前、中国での研究から帰国したときに国際人権団体のアムネスティ・インターナショナルに入った。誰にも知られず過酷な思いをしてきた同世代の中国人たちに巡り合い、国家の枠を超えた人権注視が必要だと考えたからだ。アムネスティはそのホームページの中で、「どの人権の要求の裏にも、かならず自由、公正や命を脅かされている誰かの苦しみがあります」と書いている。また、国家が取り組んだ、あるいは取り組まなかった人権政策を毎年発表している。

沖縄県の翁長雄志知事は国連人権理事会で三つの事実を指摘した。戦後、米軍によって土地が接収されたこと、日本の国土の〇・六％にアメリカ軍専用施設の七三・八％が集中し事件・事故、環境問題が起こってきたこと、自己決定権をないがしろにされていることである。多くの人権問題は権力との関係で起こる。中国の人権問題もシリアの難民問題も同じだ。

翁長知事は辺野古の埋め立て工事承認を取り消した。対立は激化するだろう。だからこそ、この問題を人権問題としても捉えておく必要がある。

（'15・10・28）

布のちから

私は近ごろ、ものが生きているように感じる。姿の違う陶器や漆器はどれも個性をもっている。本はその姿かたちから中身の思想まで異なる。これらはわかりやすい例だが、最初にものの生命にも似た存在を感じたのは、着物や和紙を触った時だった。そこから、私の布の研究が始まった。

一〇月二三日から今月初めまで、ヨーロッパを訪れた。法政大の卒業生組織を訪問する目的、日本人学校で講演する目的、デンマークのロスキレ大その他と協定を結ぶ目的、そして、すでに協定を結んでいるフランスのストラスブール大を会場として、日本学術振興会主催の講演をおこなうためでもあった。その講演題目は「布のちから」という。二〇一〇年にその題で本を刊行し、一三年には英訳本が出た。

布の研究は感触がきっかけだったが、しかし研究が積み重ねられてきた分野だ。江戸時代を中心にしても、布は世界商品であった。インドの植民地問題、産業革命、ガンジーまでかかわっている。そこで、最初の論文は英オックスフォード大で在外研究中、英語で書いた。

何であれ、定価のついた大量生産商品は規格を守ることになる。しかしその前の時代までは、一枚一枚の布が植物や昆虫など自然界から人間界にやってきて、さらに植物の汁で染められ、季節や自然をモチーフに文様が描かれ、それらを作る人々の身体や技能の特徴を反映し、個々に異なるものとなって使われた。そこに存在する固有の存在感を「布のちから」と名付けた。私が布や和紙を触って感じ取るものはその、自然界からやってきた自然のちからなのだ。ストラスブールの講演では、そのことを、江戸時代の実際の着物や布を通して語った。

かつて「百鬼夜行絵巻」というものがあった。ものが夜になると生き物になって歩きまわる。人は長い間、ものの命を感じて生きていたのである。

（'15・11・4）

国際化・個性化

一一月一二日は旧暦一〇月一日にあたる。いよいよ冬の始まりである。江戸時代は冬のあいだであっても、さまざまな祭りがある。江戸では歌舞伎の顔見世興行がひと月先にあり、その後に酉《とり》の市もある。寒いのに頑張るなあ。

ヨーロッパに出張していたことは前回書いた。一〇月末にしてすでに冬であった。このころは大学祭の時期なので休講が続く。学部長になる前までは毎年、法政大学の国際日本学研究所の同僚たちとともに、シンポジウムを開催する目的でフランスのアルザスにある日本学研究所に行っていた。

日本学は今や国際的な学問である。法政大学のように国のスーパーグローバル・ユニバーシティーに採択された大学はすでに多くの海外の大学と協定を結んでおり、学生の行き来や教員の研究交流が盛んだ。しかしそれは欧米から学ぶためばかりではない。文学や歴史や美術史を横断する日本学を国際化するためでもある。そして大学は、国際化が進む一方で、個性化が進んでいる。

大学基準協会という団体がある。大学の自己評価や質保証をサポートする団体だが、しかし文部科学省が作っているわけではない。有志の大学が集まって自分たちで組織化しているのだ。その目的は、大学が外部の基準におのれを合わせることなく、自ら目標を定め、自らその目標を目指して質を高め個性を磨いていく、そのための情報提供や情報交換をする団体なのである。

私はその理事を務めているのでシンポジウムに出かけるのだが、個々の大学の取り組みは実に面白い。活《い》き活《い》きしている大学は質保証を義務だと思っていない。組織を良くするチャンスだと思っている。国際化も個性化も従来通りに安住していたら実現できないが、しかし外の基準に合わせるものでもない。自らの姿を描き、日々自己決定しながら進むことで自分になれるのだ。

（'15・11・11）

学生運動から生まれた大学

デンマークのロスキレ大学を訪れた。一九七二年にできた新しい大学だ。国立大学なのだが、その設立理念は日本では考えられないほど自由なものだ。

学生たちの声に応え、設立当初から課題に基づくプロジェクト型の学習を行っているのである。設立当初の学生とは、日本では学生運動が燃え盛った団塊の世代に当たる。この大学は、六〇年代の学生運動から生まれた大学なのだ。

プロジェクト型の学習とは、現実の日常生活に根差した課題をそれぞれの学生が発見し、その解決に向かうにはいかなる方法があり得るか、学問分野を限定せずにあらゆる方向から考え、あるいは実践しながら理論や言葉にしていく学習方法である。教師がテーマを与えたり解決方法を教えたりするのではなく、個々の学生が自分の力で解決プロセスを作っていく。そのために調査や研究や専門書の読解や複数の学生との議論も必要で、それを教師がサポートする。

このような方法は法政大学ではゼミで実施している。しかし違いはその時間数の多さである。ロスキレ大学では卒業所要単位の半分は、そのプロジェクト型で取得するので、まさに大学生活の大半を自ら考えることで過ごすことになる。しかもそのために「ハウス」と呼ばれる空間的拠点があり、約六〇人の学生ごとにそれぞれのハウスに所属する。ハウスは巨大なゼミ室のようで、キッチンやテーブルや作業スペースがあり、数人の教員がスーパーバイザーとして配置されている。ハウスのなかではさらに四、五人ずつグループを作り、議論をしていた。

設立間もない七六年には国会でロスキレ大学の閉鎖が提案された。一票の差で存続に至ったというが、今やこれを「ロスキレ・モデル」と呼んで、他の大学も取り入れている。世界中で学生運動が起こった。しかし日本の学生運動は、その後の学生に何をもたらしただろうか？

（'15・11・18）

暴力の無効に向かって

江戸時代にもさまざまな問題があったが、最大の問題は差別構造だろう。人を分類することによって秩序を保った。しかし一方、盲人組織や被差別組織のように、自ら組織化して職業を独占し、その権利が幕府によって守られる、という側面もあった。社会秩序をどう構想すれば破壊的状況を回避できるかは、永遠の課題である。

パリの事件の時、NHKニュースで心痛む映像を見た。男性がイスラム教徒の女性に向かって怒鳴る。女性は「殺されたのは白人だけじゃない」と泣き叫ぶ。幼い子供が女性にしがみついて泣いている。日本よりはるかに多様性を大切にしているヨーロッパの大都市で、差別は広がっていくのだろう。

本当の問題は特定の宗教でも民族でもなく、それを利用する暴力である。かつてオウム真理教が信者以外の無差別大量殺人を計画し、それをポアと呼んだ。同じ考えを持った同質の仲間たちだけで生きていきたいというだけの理由で暴力が正当化されると、内部での殺し合いも起きる。過激派組織「イスラム国」（ＩＳ）はその程度の発想しか持ち合わせない人々の集まりだ。さぞかし仲間同士の暴力もすさまじかろう。理由はあとからつく。外に向かっては報復、内に向かってはスパイ疑惑である。

宗教、国家、民族を超えて、同質性を求める暴力に立ち向かわねばならない。そのためにはそれぞれの国や人もまた、価値観や感性の同質性が持つ居心地の良さを捨て、それを異質性の発見が持つ知的な喜びに変換していかねばならない。今必要なのは知性だ。反知性主義という言葉がある。これは、同質性を保守しようとする人々の、激しい排除の感情とその表現に代表されるだろう。思想内容は関係がない。口汚いヘイトスピーチや暴力は自由や民主主義を主張する人々の中にもある。

武力と暴力が何の効果も持たない社会を、作り上げるしかないのである。

（’15・11・25）

建国大学とは何だったのか

集英社の開高健ノンフィクション賞授賞式があり、選考委員の一人として出席した。受賞作は三浦英之「五色の虹――満州建国大学卒業生たちの戦後」である。

夏におこなわれた選考会は激論となった。作品の筆力は申し分ないが、満州建国大学という存在を筆者はどう考えているのか、私たちはどう考えるべきなのか、そのことが議論になったのである。

この大学では五族協和という理想をかかげ、日本、中国、朝鮮、ロシア、モンゴルの各民族から選抜された学生たちが六年間ともに暮らしていた。その中では言論の自由が保障され、実際に日夜激しく議論がかわされていたという。卒業生からは、韓国の首相や日本の官僚、判事、大学教授が生まれたが、日本のスパイとされて弾圧を受けた人も少なくなかった。

異民族の共存、自由な議論、学費無料という大学における教育の理想が実現されていて、実にうらやましい。しかし日本による満州国経営が目的であり敗戦時に閉鎖されたことを考えると、結局、強権を背景としない異民族の共存は不可能なのだろうかという思いや、この大学の存在理由を学生たちは議論したのだろうか、という関心も生まれてくる。

江戸時代にも深い交流の歴史があった。朝鮮通信使としてやってきた人々は「文人」としての教養を持っていた。それに応ずる日本人は必ずしも武士階級ではなく、木村蒹葭堂《けんかどう》をはじめとする町人を中心とした文人たちであったが、身分を問わず書画や詩の交換が盛んにおこなわれ互いに敬意を持つに至った。外交の背景となる文化や価値観の共有と理解には、歴史的な積み重ねが必要である。それを目的とした大学であったのなら、敗戦後も別の枠組みで教育を継続する道はなかったか。

世界は今こそ、多様性の容認を必要としている。大学の存在理由のひとつはそれを実現できる能力を育てることだ。

（'15・12・2）

一陽来復

今月の一一日は旧暦では一一月一日である。江戸時代において、この日は特別な日であった。

一一月一日は、芝居の世界の正月元日に相当する。芝居関係者は裃《かみしも》や羽織袴《はかま》などで正装をして祝儀を述べる。雑煮もいただく。この日からおこなわれる興行が「顔見世狂言」で、特別な番付が出た。観客も徹夜で過ごして日の出から始まる祝いの儀式に出席し、いよいよその後で顔見世狂言が始まる。顔見世狂言は約一カ月続いた。

この日だけは、上方の役者が江戸に下り、江戸の役者が上方に上る、という交流もおこなわれた。ちなみに京都が首都だったので、江戸に来ることは「下り」になる。

江戸三座の前には酒だるやまんじゅうの入ったせいろうが富士山形に積まれ、芝居茶屋には、新しい引き幕の箱が飾られた。これらは芝居のひいきや遊郭や大店《おおだな》（企業）からの贈り物で、見た目の景気の良さが、江戸全体を明るい気分にしたのである。当時、劇場は芝居町という町に集まっていた。その日は町中が沸き返るように元気だった。

顔見世興行のために、座元や役者は二カ月ほど前から準備を始める。九月一二日におこなわれる「世界定め」である。座元、立作者、立役者などが集まり、顔見世狂言の世界、つまり古典にもとづく基本ストーリーを決める。配役を決定して書き付け、その紙を神棚にささげる。あとは立ち稽古《げいこ》でせりふをつくり、趣向をつめていく。

なぜ一一月一日が芝居の正月か。アマテラスがアメノウズメの踊りによって洞窟から出て来た日だからである。これは日中の長さが最も短く、太陽の力が最も衰える冬至の物語的表現なのだ。この日を境に陰極まって陽に転換する「一陽来復」となる。これをアメノウズメの芸能の力とした。クリスマスの起源も冬至の祭りであろう。

実際には冬至は一〇日ほど後になるが、正月の本来の意味を思い出す最適な機会だ。

（'15・12・9）

師走の師

旧暦では、まだ師走と呼ばれる一二月にもなっておらず、師は走り出さなくてもよいようだ。二〇一六年の一月一〇日にようやく師走になり、二月八日に元日を迎える。韓国や中国では今でも旧暦の正月を祝っている。タイでは旧暦を守ると四月一三日が元日だという。穀物が二月から五月に熟す琉球諸島では、かつて五月から八月にかけて収穫儀礼や新年儀礼があった。風土によって新年が異なるのはとても自然なことだ。諸国が西欧と同じ日に正月を迎えるのは現代だけである。

ところでなぜ師は走るのか。これも今は無い「掛け取り」のせいである。一年あるいは半年、現金を払わず買い物をしたその代金を取りに来る。月賦やクレジットカードが普及するまで、掛け取りは盆暮れの恒例だった。ふだんは金勘定をしない師たちも、この日ばかりは貸している金を集めないと、自分も返せない。さらにすす払いや正月飾りやあいさつの準備など、大みそかまで気が休まらない。

しかも日数が今より一日短い。みそかとは「三十日」の読み音で、意味は「暗い日」つまり月が出ていない日のことである。大みそかは一年最後の三〇日の日をさす。江戸時代にはそもそも三一日という日付はない。一日得した気分だ。

掛け取りのいなくなった今日、師はひまなのかというと、さらに忙しい。毎年正月には、駆け込みの卒業論文と修士論文を受け取り、助言と添削で正月をつぶす。大学院生の多くが留学生なので、日本語の添削に時間がかかる。年があけると後期試験となり、教師によっては五〇〇人、一〇〇〇人の採点をする。それが終わると入試体制。九カ月かけて作成と校正を繰り返した問題の最終検討に入る。そして半月以上、試験監督、立ち会い、採点が繰り返される。総長をはじめとする役員はそれらに最終責任を負っているだけでなく、春休みもない。ずっと師走である。


（'15・12・16）

II　2016 年

西鶴と平和

ＮＨＫ・Ｅテレ「１００分ｄｅ名著」の正月版「１００分ｄｅ平和論」に出た。斎藤環氏「人はなぜ戦争をするのか」（フロイト）、水野和夫氏「地中海」（ブローデル）、高橋源一郎氏「寛容論」（ボルテール）という選択のなか、私は井原西鶴「日本永代蔵」を選んだ。

「江戸時代の書物で平和論無いですかね？」という注文に、最初は「無い。無理」という応答をしていたのだが、ではなぜ欧州が戦禍を繰り返していた時代に約二六〇年間、内戦を抑え、海外侵略をせず、外国から支配もされなかったのか、という問いにも答えねばならないと思えてきた。江戸時代の人々は現在の平和概念ではないものの、確かに「泰平の世」という言葉を使い、それは彼らにとって実にありがたい、新しい時代の到来だったのである。

中世という内戦の時代に終止符を打つために江戸幕府は、諸藩連合的な幕藩システムを創った。番組中に国連の図が出てきた。幕藩システムがその図にそっくりだと思った。むろん徳川御三家による強権的統制という面はあったが、それは常任理事国にどこか似ている。大きな一揆のときの諸藩の出兵も似ている。柱になる人権概念はなかったが、参勤交代によって諸藩の外交と情報交換が江戸で盛んになり、それこそが戦いのない時代を創ったことを考えると、やはり交流と対話を続けることこそ重要なのだとわかる。

一方、大坂では平和のなかで「日本永代蔵」のような内需の活性化と経済成長が起こっていた。日本は植民地支配をおこなうことなく、列島内の流通を改革し、全国の地域で生産技術の開発に励み、市場を国内に求めた。その結果、大坂では商人どうしの「信用」によるネットワークができあがる。西鶴は商業の根幹にあるのは信頼であり、偽装や詐欺こそ害悪だと考えていた。その意味でも、確かに西鶴は今の日本を考えさせる。

（'16・1・6）

「選択」能力が欠けている？

「子供の姓はどうしたらいいんでしょうね。みんな迷うと思いますよ」「家族の絆がなくなるので反対です」——選択的夫婦別姓について、こういう言葉を耳にする。

江戸時代は庶民に正式な氏姓はなく、武家は夫婦別姓だったので、同姓という選択肢はなかった。そして今は別姓という選択肢がない。そこに「選択できる」という新しい案が浮上しているのだ。

にもかかわらず冒頭の意見を聞いてがくぜんとした。もしかしたら今の日本には「選択」の意味が根付いていないのかもしれない。

二組のカップルがいるとする。一方は、家族はまとまることが大切と考え、子供の姓も両親の姓も同じであることが結束の重要な柱だと考えている。もう一組のカップルは、お互いのキャリアを育てていくことに価値を置き、家族とは個人を尊重し合い守り合う関係だと考えている。子供ができたときには話し合ってどちらかの姓にすればよいし、子供にはその理由を説明することで個人の尊厳や自律を学んでほしいと思っている。

この二組のカップルは結婚に際し、自らの価値観に従って同姓か別姓かを決定し、その決定は法的にも認められ、周囲にも承認される。つまり子供の姓について迷う仕組みではなく、選択する仕組みなのである。姓が異なると家族の絆がなくなるという不安があるなら、同姓を選択すればよいのである。実に簡単なことなのだ。もし選択することじたいが困難で「決断」ができず、めんどうだから何でも政府が型を決めてくれた方が良いと思う人が大半なのであれば、日本に未来はない。

選択的夫婦別姓案への反対意見には、「誰もが選べる、自分も選べる」という視点が抜け落ちている。そのことが持っている深刻さを改めて考えたい。国の教育政策は、個人の思考力、判断力、表現力そして主体性を育てようとしている。その教育方針から見ても、看過できない。

（'16・1・13）

ヴェール論争

もし日本で、ブルカと呼ばれる頭から裾までテントのようなものをすっぽりかぶった人が歩いていたら、あなたはどう思うか。ブルカはイスラム教の女性の衣類だ。目だけが見えるものはニカブ、顔は見えるが頭をスカーフで覆うものは数種類ある。これらを欧米圏ではヴェールと総称する。

このような習慣が日本に無かったわけではない。江戸時代では、上流の女性は外出時に覆面をしていた。これを御高祖《おこそ》頭巾という。頭だけ覆う頭巾もあって、これなどはイスラムの女性のかぶり方とそっくりだ。風で土砂が舞い上がることを想像すると、頭巾は必要だ。しかし覆面禁止令が何度も出された。犯罪取り締まりが難しくなるからである。イスラムと異なるのは、男女問わず使っていたことだ。イスラム圏のヴェールは、男性が女性を管理するためにある。

布は私の研究領域。C・ヨプケ「ヴェール論争」(法政大学出版局)を興味深く読んだ。フランスでは公立学校でのヘッドスカーフが禁止されている。徹底した「非宗教的、民主的かつ社会的な共和国」で、ライシテと呼ばれる政教分離政策がある。学校は公の場として禁止する。ヴェールは「可動式の家庭空間」だからである。

本書は仏独英の例を挙げて、それぞれがヴェールをめぐってどう議論してきたか詳しく検証している。いずれも、大切にしている価値は「リベラル」だ。そこで男性による支配を実現するためのヴェールは「リベラルな価値観への挑戦、拒絶」とみなす。しかし一方で、ヴェールの抑圧も「反リベラルな行為」となる。

本書は「リベラリズムの試練」が副題だ。イスラムとの共存は単なる宗教や文化上の問題ではなく、欧州の存在理由たるリベラルが試される問題なのである。ヴェールは、その国家が何をもっとも大切にしているかを問いかける。日本の学校も、リベラリズムが試されている。

('16・1・20)

バス事故を乗り越えるために

軽井沢のバス事故で一三人の大学生が命を落とした。法政大の学生は四人が亡くなった。さらに、今でも重篤な状態にいる学生たちがいる。その容体が毎日気がかりでならない。保護者や重軽傷を負った学生たち、そして指導してきた教員の気持ちを考えると、たまらなくつらい。

しかしこの事故は、気持ちの問題だけで済ませるわけにはいかない。背後には規制緩和や価格競争という社会問題があるからだ。

規制緩和は、その規制が技術の進歩や社会の変化に合わなくなった時、さらに質の高い社会を目指すためにおこなわれるべきもので、そこから言えば、厳密には規制変更であって緩和ではない。質の向上を考えずに、規制の変更が限りなく緩和に向かうのであれば、国家は何のためにあるのか。規制緩和は、ともすると国家が企業にのみ込まれ、人と社会を危機に陥れるものだという認識は常に必要で、武器輸出等の規制緩和も含め、よほど慎重でなければならない。

安値競争もおかしな現象だ。市場での競争とはそもそも、質の高い仕事やものを生み出すための仕掛けであった。今までより質が高くコストが安い方向に向かうのが市場競争である。江戸時代では、「めきき」という能力が高く評価され、質の良さが評価となって信用につながり、信用が市場を支えていた。「安かろう悪かろう」という言葉があるように、安価なものはまず疑う。安いものには理由があることや、質と価格のバランスを判断する能力を、大人たちが子供や若者にもっと伝えなければならない。

下請けになればなるほど苦しくなる安値競争は、結局、量で利益を得る大量販売に拍車をかけ、利益は一部の大企業に集まり、貧富の差を広げ、社会全体を貧しくする。金と票田で作られる国ではなく、モラルを基準とする国が必要だ。

（'16・1・27）

歌会始

二月になった。今の時期、江戸時代の日本には暮れと正月がやってくる。二〇一六年は二月八日が正月一日にあたる。

今年、大学関係者として歌会始に列席した。歌は古来、天皇家と公家集団が最も尊重した文化であって、まさに日本文化の中心に位置する。江戸時代までは公家集団が和歌、蹴《け》鞠《まり》、筆道、花道、日本料理、衣装、雅楽、神祇《じんぎ》、相撲、文章及び学問を伝承した。天皇は学問（儒学）、和歌、有職故実を伝承した。武家は学問、武術、茶の湯、能を伝承していたので、相互補完的に日本文化全体を保全し、庶民の芸能がそれらを応用展開したのである。学問は時代によってその内容が変わるが和歌は伝統となり、俳諧、俳句、狂歌、川柳、短歌を生んだ。

歌会始は天皇皇后皇族方がローブモンタントとモーニングコートでお出ましになる。歌を講ずる披講所役もモーニングコートである。見事な和風の宮殿の中で高らかに読み上げられる歌を伺いながら、私が気になったのは、それらの衣装が醸し出す違和感であった。

明治時代に天皇は西欧の軍服を身につけ、宮中の正式な衣装は洋装になった。西欧文化導入の先端に立ったのである。「正装」が日本民族の文化を象徴しているのだとすると、日本近代の民族文化とは、その時代のもっとも支配的な外国文化をあたかも植民地のようにまとい、それを内外に見せる、そのような文化だということになる。多様性のもとにグローバル化された現代、本当にローブモンタントとモーニングコートでいいのだろうか？着物が天皇家の正装になれば着物の位置づけは変わる。これからも洋装を通すことが、本当に日本にとってのメリットなのだろうか？

天皇陛下の歌「戦ひにあまたの人の失せしとふ島緑にて海に横たふ」はペリリュー島を詠んだと解説される。私の脳裏には、はるかに多くの人が亡くなった日本列島も浮かんだ。

（'16・2・3）

アジア人口爆発

日本とアジアに関する講演があり、人口統計グラフを使った。十数万年前から一五〇〇年あたりまで、平らな横線に見える程度にしか増えなかった人口が、一五〇〇年代から少し坂を上りはじめ、産業革命後には、グラフの横線が急に縦線になるくらい急増していた。これが、環境破壊と気候変動の遠因であることは間違いない。

江戸時代の始まりのころ、世界人口は四億九〇〇〇万から五億八〇〇〇万の間だったと推測されている。江戸時代の終わりごろには約一三億で、日本も世界も二七〇年かけて約二・六倍の増加である。二〇一五年は約七三億。ほぼ半分の期間で五・六倍だ。三〇年には約八三億で、世界人口の約五九%がアジアに集中すると予想されている。

日本では人口減少、世界とアジアは人口増加。この状況を踏まえ、大学は日本の大学から世界の大学へとかじを切りつつある。教育は新しい仕事の創出につながり、人口増加による地域的貧困を抑える。環境破壊の抑制と社会の安定のためにも、多くの人が高い教育を受けられる仕組みを、アジア諸国とともに作る必要がある。

日本が教育の対象と方法を世界に広げることで、日本列島も多様な民族の共存と、極端な少子高齢化の回避が可能になるであろう。

人類は初めて急激な少子高齢化と人口増加を同時に経験する。東南アジア諸国連合（ASEAN）や中国、韓国、日本などの東アジア諸国は、共同体制でこれを乗り切るしかない。

（'16・2・10）

働き方を変える

江戸時代では、上級武士の奥様や公家などでもない限り、女性は働いていた。あまりビジネスウーマンがいるように思えないのは、家が消費の場であるとともに生産の場だったからである。店つまり現在の企業は、家族が従業員と一緒に暮らす場だったので、店の主人とその妻はともに働いていたのである。

育児も同じ場所でおこなっていた。しかも舅《しゅうと》姑《しゅうとめ》、兄弟姉妹、お手伝いさんが複数いる。子供は母親を含めたくさんの人によって育てられた。農家も同様で、家であるとともに家族一緒に働く生産の場所だった。織物が盛んな地帯では、女性は家にいながら現金収入を獲得できた。

このような職住同一が崩れたのは生産が工場と会社に集中し、家庭はもっぱら消費の場となり、現金収入を得るために外に出ねばならなくなったからである。そこに専業主婦という存在が生まれたが、今や男性の収入が専業主婦を養える時代は過ぎ去り、しかも保育所問題は解決しない。

では保育所を造り続ければよいのか？　高齢者施設も増えればよいのか？　その二つが建ち並ぶ社会を想像した時、あまり幸せそうに見えないのはなぜなのだろう。問題は働く仕組みにあるのかもしれない。在宅勤務が進まない。私自身は、自宅で一六時間ぐらい仕事をし続けることがまれではなかった。インターネットがそれを可能にしている。むろん職種によるし、労働時間はかえって長くなると思われる。さまざまな問題はあるとしても、在宅勤務の拡大は職住同一への有効な方法だ。

それを含めて、働き方と正規非正規の二分法を見直す必要がある。人の生き方はもっと多様化しているからだ。まずは同一労働同一賃金が最初の一歩だろう。保険など基本的なセーフティーネットを誰もが持ち、働く時間と場所に多様性があれば、施設ばかりに頼る必要はなくなる。

（'16・2・17）

新しい男性像

ＮＨＫの連続テレビ小説「あさが来た」は、今までにない新しい男性像を作りあげた。新次郎である。

スーパーウーマンは、今までにもドラマにあった。現実にもサッチャー元英首相からクリントン前米国務長官に至るまで、結婚、出産、子育てをしながら国家を担う女性はいる。日本にはまだ極めて少ないが、世界中で女性の首長、実業家、ＣＥＯ（最高経営責任者）が増えている。モデルは確立されていると言っていいだろう。

しかし、その連れ合いたる男性がどのような価値観を持ち、どういう表情で生きていけばよいのか、イメージがなかなか結ばなかった。そこに新次郎という男性像が現れた。がつがつ働いてはいないが全体を掌握しており、適当に力が抜けていて遊びを知っていて粋だ。こういう男性は江戸時代の大店《おおだな》の主人によくあるタイプだ。

しかし問題は、能力が高く努力家である妻に対して、どういう態度をとれるか、なのである。新次郎は妻の弱さを知り尽くし、支え、守り、かばい、誇りに思い激励している。妻への競争心や劣等感や嫉妬から怒鳴ったり不機嫌になったりはしない。世間の目も気にせず、自分なりのやりかたで人に好かれ、信頼を得ている。江戸時代にもイクメンはいるが、新次郎タイプは見られない。これは新しい。

ドラマが作った理想像であろうが、その理想像から、「女性の活躍」には男性のいかなる態度が必要なのか、学ぶことができる。男性の考え、自己像、そして態度しだいで、女性の活躍が実現するか否かが決まる可能性が高い。

社会の中で仕事をしていると、男性が勝敗、序列、上下関係、プライドにとらわれて生きている、と感じる。すぐ「顔がつぶれた」「立てる」という話になる。男性にとってもつらいだろう。

受け入れる、支える、見守るという姿勢がすてきで、それに徹する生き方もあることを、そろそろ学ばねばならない。

（'16・2・24）

選挙の争点

今度の参院選の争点の一つは、あらわであるか隠れたものになるかはわからないが、憲法への考え方であることは確かだ。そう思っていたところ「週刊金曜日」二月一九日号でジャーナリスト、むのたけじさんの興味深い表現を読んだ。むのさんは「九条は日本に対する連合軍の裁き、死刑判決」であり、「実は国家とは認められていない屈辱」がそこにある、と述べる。

その一方、九条は「人類の目指すべき理想的な指針」で、そこには「世界の平和運動の先頭に立てる」という希望がある、とも述べる。つまり九条には二つの側面があるのだ。

今までは護憲・改憲という言葉ばかりが目立った。どちらも能動的ではない。九条問題とは、日本が軍事力を背景にした従来の国家に戻ることで屈辱感を消し去って満足するのか、それとも新しい世界を作り出す画期的な存在になるのか、という選択問題なのである。

改憲論者の中には、自衛隊の違憲状態がもたらす危機を真剣に考えている人もいる。しかし多くの改憲論者は「改」を目指しながら、その価値観が旧態依然に見える。それは、旧態の国家像しか持っていないからではないだろうか。そうであるなら、新しい世界をリードするための、革新的なビジョンをもつ政党が必要になる。

前回の男性像のテーマに重ねると、強い男をめざして古いよろいを重ね着するのか、新しい対話の思想と技術を磨いて新しい男になるのか、の選択である。

江戸時代の日本は自らが「張り子の虎」であることを知ったが、より強い虎になることを選択せず、内実を作り直すことに専念した。それは国として決定的に欠けていた教育、文化、治安、秩序、技術力を充実させることだった。

今の日本も、少子高齢社会を安定させるためのさまざまな仕組みが欠けている。内実を作り直しつつ新しい国家像で世界をリードできるはずだ。

（'16・3・2）

メディアの役割

江戸時代では早くから「読み売り」という、ニュースを読みながら街頭で売る新聞があった。震災や火事の報道は、取材にもとづく現場がリアルに表現されている。日本におけるメディアの歴史も、ずいぶん長いのである。

法政大学出身者はメディア業界で働く人が多い。メディア社会学科があり、自主マスコミ講座もある。この講座からアナウンサーとして就職する卒業生もいて、とくに女子アナウンサーの数は全国の大学の中で上位に位置する。朝のニュースの後、夜のニュースでも活躍しているNHKの鈴木奈穂子さんも本学の出身者である。

マスメディアの世界で働く卒業生たちはマスコミオレンジ会という組織を作り、毎年総会を開いている。その総会に呼ばれ、今年はあいさつの中で「マスメディアの役割」について話した。

その第一は、社会がいつの間にか許容している危機的状況に警鐘を鳴らすことだ。メディアが自ら調査することは難しい範囲もあるが、それが可能な機関が事実を追究し始めるきっかけを作ることができる。第二は、ほとんどの人が立ち会うことのできない「現場」から、見える事実を伝えることである。現場の空気から知り得たこと、現場でしか気がつかないことがある。第三は議論の場を作ることだろう。

会の当日、私は福島放送のアナウンサー、池田速人氏の講演を聴いた。震災と原発事故から五年たった福島の人々が、どういう思いで生きているか、話してくださった。「悪いニュースも良いニュースもあります。先入観で見ないで事実を知ってほしい」と。

五年たった。出来合いのイメージに分類して捨てることだけは、したくない。忘れないためには、世界でもまれな過酷な震災と事故を、さらに多様に表現し続けること。そして原発の再稼働のたびに「なぜ再稼働なのか?」を問い続けることだ。

('16・3・9)

インタースコア

先日、「インタースコア」という題名の座談会に出た。インタースコアとは編集工学研究所所長、松岡正剛氏の作った言葉で「相互記譜」と訳す。「記譜」は作業や行為や出来事を記号によって記述することで、楽譜の「譜」でおなじみだ。つまり人と人、人と言葉が互いに刺激し合って自らを構成していくことなのだ。

松岡氏はインタースコア編集による歴史記述や書評を実践してきた。近著の「国家と『私』の行方」全二巻（春秋社）は「一八歳から考える」という副題があるように、高校生や大学生のために書いたものだが、歴史は型にはまったイデオロギーや特定の利害に結びついた位置から見るものではないことや、事実とそれを読む者との間のやりとりが何より必要であることを、深く考えさせられる。教科書を信じるだけでは自身の歴史認識を作ることはできない。

江戸時代に「俳諧」というものがあった。俳句とは違って複数の人々が五七五の次に七七、七七の次に五七五を付けていく。それを「付け合い」と言い、前の人の句の全体を味わいながらも言葉をいったん脈絡から切り離して分解し、その中の一部を受けて別の視点から創造し直す。外からやってきた句と、自分の中から出現する想念が出会う。これがインタースコアである。俳諧におけるインタースコアの失敗は「付きすぎ」つまり同じ視点になってしまうことと、「離れすぎ」つまり関係なくなってしまうことである。江戸時代の文化はその多くが、「やりとり」で成り立っていた。

学習がうまくいかない場合も、世の中や書物の中とのメッセージの「やりとり」が不足しているからだと松岡氏は言う。独善的な確信ばかりが力をもち、それに「付きすぎ」ることで、後悔の歴史が繰り返される。今は、やりとりの中で成熟してきた日本文化の方法を取り戻すことが必要だ。

（'16・3・16）

介入はなぜ失敗するのか

前回はインタースコアという「やりとり」の方法を書いたが、その不足がもたらしている困難のひとつがイスラム国であろう。

内戦状態にあるシリアでは二〇一一年以降、二五万人以上の死者が出ているという。米国はアサド政権を倒すために反政府勢力を育てた。さらに、アサド政権を助けようとするロシア軍の介入で、ことはさらにややこしくなった。

江戸から明治への変化は、欧米による介入で起こった。そこには功もあり罪もある。さらに戦後の日本がそうであったように、介入が新しい秩序をもたらす場合もある。脱脂粉乳とコッペパンと米国のホームドラマで育った私は、介入によって生きながらえたのかもしれない。介入は、世界を危険に陥れる軍事体制を解体し、人々の命を救い、生活を安定させる限りにおいて必要だ。しかしほとんどの介入は、自国の利益のためだけに行われる。

米国はイスラエルの利益、石油の制御、民主化を自由経済につなげることなど、多くの利権機会を狙っている。ロシアはアサド政権下のシリアに経済的な利益を保持しているという。

しかしその結果約一〇〇カ国から約二万八〇〇〇人がイスラム国に集まったという。解決をめざして介入しているにもかかわらず、事態は悪くなるばかりだ。介入はなぜ失敗しているのか。それは、自国の利益のためにしか行動しないからである。人々の命を救い生活と秩序を安定させることによって世界のリスクを減らすのが介入の目的であるべきだが、自国の経済的利益だけに目標を置けば介入が失敗するのは当然だ。日本にとっても人ごとではない。集団的自衛権の行使容認で、軍事的介入にかかわる可能性が高いからだ。

だからこそ米国に従うだけでなく、介入の成功と失敗を精査し、それぞれの国が本当の安定を得られる方法に真摯《しんし》に耳を傾けることに、日本の進むべき道があるのではないだろうか。

（'16・3・23）

琉球処分の日

三月二七日は、私の中で記憶すべき日となっている。明治政府によって一八七九年に琉球処分がおこなわれた日だからだ。

この日、内務大丞《だいじょう》の松田道之が約三〇〇人の兵士と一六〇人あまりの警官を率いて首里城に入り、琉球藩を廃して沖縄県を設置することを、一方的に布告したのである。しかし突然そうなったわけではない。なぜなら琉球は藩ではなく独立した王国であるから、藩を県にするという単純な話ではなく、それ以前に、王国を「藩」にする経緯があったのだ。

最初は江戸時代の一六〇九年である。薩摩藩の島津氏が約三〇〇〇の軍隊を出して首里城に入り、尚寧王を連れ去って江戸にともない、将軍に会わせた。そこから薩摩藩は自らの領地のように見せていたが、実際は琉球王国は存続し、中国の冊封《さくほう》国だった。「琉球王」は、中国皇帝が勅書によって任命した称号なのである。

それが一八七二年、井上馨は琉球国が外国と独自に交易するのを止め、尚泰王を華族とし、琉球藩と定める。しかし琉球は抵抗し、冊封の主体である中国は抗議した。明治政府は琉球藩の負債を肩代わりし、松田道之は中国の冊封の廃止と絶交を命じるが、琉球は従わない。そこで、七九年三月二七日の出兵となる。翌年、沖縄本島を日本領とする提案で中国との交渉に入るが進まず日清戦争後に持ち越される。日本が尖閣諸島を調査したのもこのころからで、清朝支配下にないことを確認したとして一八九五年、領土に編入した。

このような武力による侵攻がおこなわれたために、琉球では明治政府への不服従運動も起こり、中国を動かして王国を再興しようとする動きもあったという。

戦時中のことだけでなく、日本と沖縄には金と武力で言うことをきかせようとした歴史、中国とのかけひきに使われた歴史があったことを、常に念頭に置かねばならない。

（'16・3・30）

自由を生き抜く実践知

江戸時代の作家、上田秋成の「雨月物語」に「夢応の鯉魚」という一編がある。「自由」を書いた傑作である。ある僧侶が夢でコイに変身し琵琶湖を泳ぎまわるのだが、そのシーンが五七調の名文で、「そう、自由とはこういうもの！」と膝を打つような文章なのである。

このコイはやがておなかがすく。食べ物を探し回ったあげく、釣り針にひっかかり、まな板にのせられて切られる寸前、僧は夢から覚める。しかしそれは夢ではなかった。実際に寺の厨房《ちゅうぼう》では、コイが切られる寸前だったのである。

私たちは自由主義社会に暮らしている。しかし真に自由なのだろうか？　衣食住をまかなうために、時間に縛られてなんとかかんとか生きているのが現実だ。いかなる社会であろうと、生き物にとって「食べていく」ことと「まったき自由」とは相いれないことを、この一編は語っているのである。

しかし、だからこそ人間は生を保ちながらも、自由を生き抜く決断をしなければならない。コイは飢えに耐えられなくなり、「まさか捕らわれることはないだろう」と冷静な判断を失って釣られた。このとき、いかにすれば人の仕掛けるわなにはまらず食べ物を確保できるかは、ひとつの知恵である。人間であればそれは、状況判断と価値観（知性）に基づく現場での対応（実践）ということになる。

衣食住のみならず報道や表現の自由も生き抜かねばならない。テロの頻発する今日、自由に価値を置く欧州の人々でさえ非常事態宣言下を生きている。国家は自由の制限によって安全を確保するしかない。その意味で「週刊金曜日」三月二五日号のバンクシー特集は実に面白かった。バンクシーはゲリラ的に路上に作品を残してゆく覆面アーティスト。知性とスピードとユーモアによって、表現の自由を生き抜く方法がそこにはある。

法政大学は今年度から「自由を生き抜く実践知」の獲得を大学の「約束」とした。

（'16・4・6）

祭りとスポーツの共通性

江戸時代には「スポーツ」という言葉も概念もない。剣術や乗馬があるが、これは武士の危機管理項目であって、健康のためではない。なにしろどこへ行くにも歩かなければならないのだから。

では現代のスポーツと似たものは何だろうか。それは祭りである。共通点を数えてみると六つもあった。第一は、決まった日におこなうのでそれを目標に稽古《けいこ》を積み重ねる。第二は、ひとりでおこなうのではなく、チームを作る。第三に、そのチームのなかからスターが生まれる。第四に、子供が一人前の大人になるための教育の役割を持っている。第五に、祭りの実施が共同体の結束や、共同体同士のトラブル回避の機能を持っている。第六に、つまりは社会のためにある。

スポーツは勝敗のためにあると思われているが、一般の人々にとっては、身体のリズムと筋肉の活動を健康に導いてくれて、社会生活をいきいきとさせてくれる存在である。それも祭りに似ている点だ。さらに、アスリートたちの努力や精神力や自分を律する方法から学ぶことが多い。

祭りは、それを挙行するプロセスの中に結束や学びや誇りがある。勝敗の中に誇りがあるわけではない。祭りのためにわざわざドーピングをしたり、麻薬や賭け事に逃避したりすることも、考えられない。祭りにはさまざまな役割があるのだから、脇役にまわって楽しみながら役に立てばよいだけのことなのだ。

それがわかっているスポーツ選手たちは、第一線から退いた後、一般の人たちにスポーツの楽しさを広める役割を担ってくれる。パラリンピックを支え、障がいがあっても身体をのびのびと使うことができることを、私たちに伝えてくれる。スポーツには社会を良い方向に持って行く力や、国を超えた人々の交流を深める力がある。ただし、金と勝負にさえこだわらなければ、である。

（'16・4・13）

賭博

違法カジノが話題になっている。日本はそもそも賭博に厳しい国で、江戸時代では重大犯罪だった。たび重なる場合は流罪、死罪になった。ばくちで負けて金銀財宝衣服を取られた者が訴え出れば、罪を許した上で取られたものを取り返してやる、という法令が出たこともある。この法令には、自分も加担したのに許すのはおかしいという反論もあり、また、素人が訴え出れば商売人（プロ）の博徒を捕まえることができるのだから良いやり方だ、という論もあり、幕府も悩んでいたことがわかる。

そこで気づくのは、江戸時代から賭博には必ずプロの胴元がいるということだ。詐欺的な手法が潜んでいるか、あるいは多数の人がくじを買うことで賭け金が集まる。多くの資金が集まれば勝者にいくらか渡しても手元にかなり残る。組織がお金をもうけるもっとも手っ取り早い方法なのだ。

江戸時代、許可を得た寺社は富くじの収益を修復にあてることができた。これは違法ではなかったが、明治になると違法とされた。現在でも富くじは賭博とともに違法である。賭博が禁じられる理由は江戸時代と現代とで、あまり違いがない。健全な経済活動および勤労への影響、つまり働かないで金銭を得られる（ほとんどは、得られるように錯覚する）ことと、副次的犯罪つまり、他の犯罪にエスカレートするからである。

では宝くじやパチンコやサッカーくじや競馬競輪競艇はなぜ許されているのか。正当な業務による行為である、と説明される。賭け事の心理が理解できない私は、そう説明されてもどこか釈然としない。確かに「偶然性」には、今まで知り得なかった世界と出会う面白さがあるが、賭け事では何も変わらない。技能を磨き、力を尽くして収入を得る達成感もない。世の中全体がギャンブル性を肯定するとき、人は自分自身や社会を変える動機を失い、社会は保守的に停滞するだろう。

（'16・4・20）

もの申す　通販カタログ

「通販生活」という雑誌がある。その題名どおり、通販カタログだ。それが、実に読み応えのあるカタログなのである。今年の夏号は表紙に、高市早苗総務相の電波停止発言に対する声明「私たちは怒っている。」の全文が掲載された。「通販生活」というタイトルの上には、「巨大地震はいつ来るかわからない、原発ゼロ今すぐ」の一行がある。時を同じくして、熊本を中心とする巨大地震が起こった。震災範囲のすぐ南には稼働中の川内原発が、東には伊方原発が位置している。私たちは実際に毎日、危険と隣り合わせ生きているのだ。

ところでこの雑誌は、「憲法改正国民投票はすべきである」という主張をしてきた。この夏号では、その国民投票法の百五条に注目している。百五条とは、国民投票の期日前一四日から投票日まで、投票運動のための広告放送を禁じた項目である。もちろん毎回の選挙の時におこなっている政見放送はおこなわれる。ここではそれ以外の放送の規制を述べている。

国民投票では、発議から六〇日以後、一八〇日以内に投票日を設定できる。禁止された日数を引くと最大で一六〇日以上、広告放送ができることになる。この長い日々、広告料をつぎ込める組織と、それができない組織との間でどのような違いが生まれるだろうか？

その不平等に注目すべきだ、という意味である。この不平等を解消するために、「民間団体のテレビ広告を一切中止する」という条文を入れることを提案している。欧州連合（EU）が採用している方法だ。

江戸時代でも戯作《げさく》や浮世絵が現実の社会や政治を風刺した。幕府の老中を直接からかった黄表紙が刊行された時は、作者が呼び出され間もなく亡くなった。私はメディアの歴史を講義しているとき、欧米に比した日本におけるジャーナリズムの脆弱《ぜいじゃく》さに気づいた。その伝統は長らく続いてきたように思う。いま日本人がもっとも克服すべき点であろう。

（'16・4・27）

江戸のデザインとエンブレム

江戸文化は無数の文様を生み出した。五輪エンブレムになった市松文様はそのひとつだ。このエンブレムが優れているのはまず、剽窃《ひょうせつ》の疑いを持ちようがないことである。市松文様は世界中に古代からあり、あまりにも普遍的で盗作とはいえない。

しかし普遍的な図形を個性的に使いこなすのは極めて難しい。使い方に高い創造性が必要だ。市松文様は石畳文様と言われ他の文様と一緒に組み合わされていたが、江戸時代ではより細かくなり、はっきりしたコントラストで清潔かつ粋になった。色遣いは藍色と白。浴衣は圧倒的にその色遣いだった。衣類ばかりでなく江戸で使われた磁器も染め付けといって、やはり藍と白だった。エンブレムに使われた市松文様と藍・白の組み合わせは、江戸時代の感性が生み出したものなのである。つまり、市松文様は普遍的だが、藍・白との組み合わせは、江戸時代を経た日本でなければ生み出せなかったのである。

しかしエンブレムは江戸時代より複雑で現代化されている。市松文様は一反ごとに四角のサイズが決まっているが、エンブレムでは三つのサイズが少しずつずれたり位置を変えたりしながら組み合わされている。そのために時には扇が現れ、うちわにもなり、桜の花びらも見えてくる。立体的に感じられ、常に回転し動いているかのような錯覚さえ与える。この処理には驚いた。と同時に、江戸人が何をしていたかも理解できた。市松文様に限らず、しま、格子、うろこ、あられ、極小江戸小紋、そして文字に至るまで、あらゆる簡潔な形を無数に組み合わせ、膨大な商品アイテムを生み出していたのである。エンブレムは江戸のデザイン編集方法を存分に生かしている。

これをきっかけに期待したいのは、江戸のデザイン戦略が見直されることだ。シンプルでありながら豊かに多様に展開する世界が、そこにはある。

（'16・5・11）

ジャーナリズムを考える

江戸時代の一八五五年一一月一一日、江戸直下型の大地震が起きた。推定マグニチュード七級の「安政江戸地震」だ。「安政見聞誌」はその詳細を描いた。本所から江戸を見ると、あちこちに炎が上がっている。近くからも描いているが、家屋が崩壊し火の手が上がって、実にリアルである。翌年刊行された「安政見聞録」では、地震直後に家から飛び出した人たちが雨戸をはずして地面に敷いて亀裂から身を守っている様子や、障子やふすまを使って避難所を作っている様子、武士がボランティアでにぎりめしを配っている姿などが描かれている。

このように江戸時代の事件報道はかなり詳しく、津波、噴火、大火などもすぐに刊行されて売られた。しかしそれは今私たちが求めているジャーナリズムと同じかと言えば、そうではない。

国連人権理事会特別報告者が来日して日本の報道の現状を調査した。「国境なき記者団」による日本の報道の自由度の順位は七二位である。パナマ文書を調査した国際調査報道ジャーナリスト連合のような組織を主導してもいない。なぜなのだろうか？　日本が地震や大火などの日常の報道と、「仮名手本忠臣蔵」のような事件の物語化に力を注いでいたとき、アメリカでは一七三四年にゼンガー事件が起きていたのである。

ニューヨーク植民地総督のコズビーを批判した新聞発行人のゼンガーが文書扇動罪で逮捕された。まだアメリカは独立していない。ゼンガーは裁判にかけられたが無罪となった。その理由は、陪審員が出版の事実ではなく、新聞内容の真偽を問題にし、その内容が事実であることが立証されたからである。ジャーナリズムの役割は事実に迫ることであり、かつ、それを報道する自由を戦い取ることであった。アメリカの独立と報道の自由は、切っても切り離せないものだったのである。日本にその歴史はなかった。

（'16・5・18）

自主規制か戦いか

前回は江戸時代の報道メディアを取り上げながら「今私たちが求めているジャーナリズム」ではない、と述べた。では世界市民たる私たちは、江戸時代以来の歴史を乗り越えて、いかなるジャーナリズムを獲得しなければならないのだろうか。

英国の植民地であったアメリカでは新聞報道の自由がなく、それを前回に紹介したゼンガー法廷で切り開いた。印刷物への印紙税法には暴動が起こり、ついに廃止されたという。英国の新聞は検閲制度と戦い、ジャーナリズムの世界にはデフォーやスウィフトが出現した。さらに議会報道の禁止に抵抗する雑誌が刊行され、その結果、議会報道は自由化された。そしてアメリカ独立後、言論出版の自由は保障される。つまり欧米では報道の自由は国家の存亡をかけた「戦い」だったのである。

一方日本では、幕府と印刷出版仲間（同業者組合）は、相互依存関係にあったようだ。

商業には官許が必要なので認可が継続されるよう仲間を作って冥加金《みょうがきん》を支払っていたのだが、板木屋や書物関係仲間は払っていない。幕府は盗難、政治犯罪、印判偽造を取り締まるために、印刷出版業者から情報を集めていたからである。幕府は彼らを必要としていた。そして書物問屋仲間は自ら自主規制のための「行事」制度を作っていた。

災害は事実に沿って報道される一方、事件や政治は物語や芝居に託され、娯楽として消費された。お家騒動や心中ものなどは事実に基づいているが、浄瑠璃となって語られ広まった。つまり、事実を追求することで成り立つ刊行物が存在しなかったのである。江戸時代には裁判制度も訴訟もあったが、報道の事実や自由が争われることはなかった。

他方で、納税者である農民たちは利権と戦う無数の一揆を繰り広げていた。本来ジャーナリズムは、その動きと結びつくべきだったのだろう。

（'16・5・25）

落語の知性

法政大学に国際日本学インスティテュートという大学院の専攻がある。分野横断で日本の文学や史学や地理学や文化・社会などを学べる組織だ。留学生が多く、社会人学生もいる。

ここでは、すべての学生が集まって時々合同演習をおこなう。歌舞伎役者や音楽家など、さまざまな方が講師をつとめる。先日は落語家の立川談慶さんが来てくださった。落語は二席、そのうえ対談もしていただいた。爆笑の連続。「新聞で正しいのは日付だけだ」。これは亡くなった立川談志の言葉である。「これってメディアリテラシーですよね」と談慶さん。そのとおり。日付以外は疑った方が思考力は鍛えられる。ちなみに談慶さんの慶は出身大学の慶応のことだ。七月にはまた新著を出す。落語家で最初の大学出身者は法政大学卒の金原亭伯楽だが、その後は大卒も増えた。なにしろ落語は考えることが山ほどある。

対談は与太郎と粗忽者《そこつ》と留五郎に及んだ。「これダイバーシティー（多様性）ですよね」と私。人の能力は多様だが、一部だけが社会に受け入れられ出世につながる。しかし落語を知っている者は与太郎の視点の斬新さがわかる。粗忽者の即断即決が面白い。留五郎の強烈な存在感に圧倒される。「人の能力とは何か？」を考えてしまうのだ。常識だと思っていることが、落語を通すと斜めから見える。これは「知性」の基本だ。談慶さんは「面倒くさい人を避けないでつきあう方法」をいくつも教えてくれた。コツは、落語の登場人物を思い出すことである。落語は面倒な人だらけだが、江戸時代の人々はそれを避けずにむしろ一緒に生きることで、社会を広げていた。そのような「江戸の風」を吹かせようというのが談志の遺言らしい。

ヘイトスピーチなど江戸人の風上にも置けない。誰をも排除せず、もっとつきあって、もっと世界を広くしよう。それが「江戸の風」なのだ。

（'16・6・1）

MIYAKE ISSEY

国立新美術館でMIYAKE ISSEY展を見た。洋服か和服か、衣服か布か、伝統か革新か、男か女か、彫刻か衣か、染織か印刷物か、平面か立体かなど、あらゆるジャンルの壁と、そして世界のさまざまな民族文化の壁が溶けて合体し、軽々と宙に浮かび上がっていくような世界観にわくわくした。

刺し子の技法、丹前のデザイン、刺青《いれずみ》の文様など、江戸ものを使ったアイテムを通して、私は早くから三宅一生に関心を持っていた。関心を通り越して「ひいき」になったのは、「プリーツプリーズ」の一九九〇年代である。初めてそれを見たときは、既知の美と、今まで見たこともない未知の美の合体にくぎ付けになった。最初に買ったプリーツは、片足がズボンで片足がスカート。着ると中東風。動くと布が身体から離れて空気をはらみ、軽く暖かく、形は彫刻のようだ。

プリーツは動植物や写楽を印刷すれば、扇のような折りたたみ式浮世絵版画にもなる。江戸時代に新しい糸紡ぎ具や織機、染め、刺しゅう、絵付けの新技術が使われたように、素材に施す最先端技術の導入もＩＳＳＥＹの特徴である。

着る時はひもや帯揚げで着物のように調節する。服に自分を入れるというより、布を巻いて自由に「着付ける」感覚がほとんど着物だ。脱いだら着物と同じように畳んで和だんすに収納する。ぺたんこの布が、着るとまるで見知らぬ鳥や動物のように人間を通り越した立体に変化する不思議。「服」という概念で語られるのではなく、まとう、はおる、つつむ、折る、たたむ、ねじる、重ねる、そして根底のコンセプトである「一枚の布」という言葉による語られ方が、「布のちから」を著した私にはぴたりと納得がゆくのである。

展覧会が日本で企画されたのは初めてだという。世界の高い評価とのあいだにずれがあるのだろう。もったいない。ＩＳＳＥＹは日本人が日本の面白さを知るひとつの「世界」なのだ。

（'16・6・8）

おうむがえし

　フランス革命の年である一七八九年、江戸では老中松平定信の著書「鸚鵡言《おうむのことば》」をからかったかのような出版物が刊行された。恋川春町「鸚鵡返文武二道《おうむがえしぶんぶのふたみち》」である。ジャンルは黄表紙。全ページが絵で構成されている、いわば漫画だ。菅原道真の生きた時代を設定してはいるが、明らかに「今」を描いていた。なぜなら定信が著書の中で政策の実行をたこ揚げにたとえたくだりを使い、定信の政策とその著書の効果は所詮、人々がたこ揚げに夢中になったことだけだった、とのパロディーに仕上げたのである。

　定信は恋川春町こと駿河小島藩士倉橋格を呼び出し、倉橋はそれに応じなかったが、まもなく亡くなった。武士が漫画のようなものを描いて出版できる時代だった。それどころか、天才的な武士階級の著者たちが江戸の出版界を切りひらいていた。しかし江戸時代には「武家諸法度」がある。身内である武士に対して、最も管理が厳しい時代だったのだ。

出版には、武士だからこそのリスクが潜んでいたのである。

商業出版界は「行事制度」という自己規制をおこない、武士社会はかくも厳しい管理のもとに置かれた。結局、幕府や藩が最も恐れたのは彼らではなく人口の八割を占める農民たちである。農民は年貢を納める。武家はそれによって生きている。武家の首根っこをつかんでいるのはその年貢である。農民は年貢を放棄する「逃散《ちょうさん》」という最後の手段を持っていた。その手前にいくつもの段階と手続きでルール化された一揆という方法が一般化されていた。一揆はさまざまな効力を持っていた。もしジャーナリズムの力がそこにともなっていれば、一揆はさらに大きな効果を上げていただろう。

今、国民はほぼ納税者である。選挙権を持つ。デモの権利もある。そして報道手段を持っている。江戸時代と段違いの、この素晴らしい自由を、私たちは使いこなしているのだろうか？

（'16・6・15）

しつけ

子供の置き去り事件があった。子供の危機が報道されるたびに、しつけとはいったい何かを考えさせられる。

江戸時代の人々も迷うことが多かったのだろう。貝原益軒の「和俗童子訓」や林子平の「父兄訓」など、多くの教育書が刊行された。それらをのぞいてみると、必ずあるのが礼儀のしつけだ。朝夕のあいさつや口のききかたはまさにしつけの基本である。朝ドラ「とと姉ちゃん」では娘が親に丁寧語、敬語で話している。私の母も母親に、ですます体で話していた。親に対する敬意と畏怖《いふ》の気持ちが日常化されていると、体罰や脅しではなく、言葉と表情だけで善悪を教えることができるからだ。

私が五歳ぐらいのころのこと。家族で愛知・犬山の親戚を訪問した。初めての城や川船が楽しくてはしゃいだ私は、城の中で向こうからやってきた足の不自由な方を思わず指さし「あの人どうしたの？」と母に言った。その途端「人を指さしてはいけません！」と厳しい口調でたしなめられた。はしゃいだ気持ちが一瞬のうちに消え、その行動が持っている深刻さをはっきり感じた。言葉と表情で教えた事例である。

江戸の教育書は大人に対する注意喚起もしている。要点は二つだ。ひとつは甘やかさないこと。これは厚着や過食で弱い子にしないという健康面と、ことあるごとに善悪の別をきっちり伝えることである。もうひとつは脅したり怒鳴ったり暴力を振るったりしないことである。これは子供が親を恨むことでかえって教育効果がなくなるからであり、臆病な人間になるからだという。

そして何より重要な認識は、子供は親を見習っている、という点である。暴力の連鎖もそこから生じる。そして親の態度を含め、「悪」を見聞きさせないことも強調している。東照宮の三猿はその教えを彫刻にしたものである。

（'16・6・22）

始末が大事

江戸時代の人々が共有していた価値観は「始末」だった。始めと終わりをきちんとして倹約する意味だ。前東京都知事は会見で「トップが二流のビジネスホテルに泊まりますか?」と記者に問うている。日本の為政者がこういう意識になったのか、と少々驚いた。日本の企業の代表取締役は、欧米のような高額の給与をもらわない。それには二つの理由があると思われる。ひとつは、代表とは代表者(役員)たちのチームによって仕事をする者であり、一人で指揮をとっているわけではなく、組織内の多様な意見やアイデアを受け止めて最終決定をするのが仕事である。そのプロセスへの自覚があるからだ。もうひとつは、組織の金は自分の金ではなく預かっているのであり、その管理責任の自覚があるからだ。

将軍や老中、藩主たちは、その自覚があることで評価された。武家諸法度でも、贈答、結婚式、宴会、屋敷の建設が華美になったことを挙げ、すべてにおいて倹約を心掛けることを命じている。庶民ではなく、まず武士が倹約せよと言っているのだ。それでも当時は地位に応じた体面は守らねばならず、下級武士たちには負担だった。

海外渡航が決まった際、総長だけファーストクラス規定になっていることに驚き、即刻そのルールを廃止した。宿泊はビジネスホテルを基本としている。総長の体面を気にする人も周囲にはいるが時代錯誤である。現代社会の組織代表者は権威を表現するためにいるのではなく、仕事をするためにいる。部下に勘違いがある場合、上司は是正すべきだ。「事務方が用意してくれた」という言い方は、部下に異を唱えず、改革の機会をあえて逃したことを表明している。

選挙が近づいている。日本は膨大な借金を抱えている。参院選でも都知事選でも、暗くならずに倹約の道を示し、原発を始末し、戦争への道を断つことのできる人に投票したい。

（'16・6・29）

経済と戦争

日本の政府債務つまり借金は、対国内総生産（GDP）比で約二三〇％に達したという。経済危機に陥ったギリシャより高い値だ。日銀保有の国債も三〇〇兆円に達したという。これが値崩れしたとき、日本はどうなるのか。これほどの債務残高比率に達したのは、日本では戦中戦後しかなかった。

安土桃山時代の末期、秀吉の命令で朝鮮半島に出兵し、二度敗戦したときにもそういう状況だったのかもしれない。直後に江戸幕府が成立し、まったく発想を異にする新しい時代が始まったからである。軍事化を回避し膨張政策から緊縮政策に転換することで、国産技術の開発と内需拡大を遂げた。

アベノミクスは本当に、この深刻な状態を乗り越えられるのか？　それとも単に景気の良さを演出するだけの方法なのか？　たとえば定員が決まっている大学という組織では、収入を増やす方法には限りがある。しかしこの変化の激しい時代に学生に優れた教育環境を提供するためには、出費がかさむ。そこでマニフェストに長期ビジョンを掲げ、それに沿って財政基盤検討委員会を設置して現状を把握し使える範囲を確認し、予算の削減と蓄積計画を立てた。今の日本も大きな収入を期待できない一方、高齢化で社会保障費は膨み続けている。与党に必要なのは選挙対策用の良い顔ではなく、厳しい長期計画であるはずだ。

「世界」七月号の内橋克人「増殖する差別政治」は「経済の軍事化」の可能性を示唆している。安倍政権は安保法制、武器輸出三原則の改廃などを打ち出した。目的は経済成長なのか戦争なのか。それともその二つは相互依存的なのか。戦争は行き詰まった経済を打開するために行われる可能性がある。経済と戦争は無縁ではない。

先の戦争も戦費がなかった。そこで日銀に国債を引き受けさせていた。政治の目標を経済のみに定めたとき、金目当ての戦争が始まる可能性がある。

（'16・7・6）

国民投票の危うさ

改憲の発議が可能となる三分の二議席を、自公連立政権などの議員が占めた。心にとどめねばならないことがある。それは、政治がいかなる状況であろうと、ひとりひとりが世界のあるべき姿を思い描いておかねばならない、ということだ。

難しいことではない。テロが起きない世の中、戦争の無い世界、恐怖と暴力が支配しない日常、犠牲を払わずに教育を受けられる社会、そして多くの個人が自らの自由を生き抜ける状況等々である。

本当に江戸時代にそういう人がいたかどうかは疑問だが、時代劇には、よく剣の達人が出てくる。勝負師として渡り歩く者もいる。彼らが何ら目的とする世界観を持たずに技能を誇るだけなら、ただの殺人鬼である。高い技術は理想を持っていなければ害悪となる。政治的技量や集票を誇る政権や政治家が行う「理念なき政治」も、大きな罪悪だ。政治は人権の擁護と公平公正と人の福祉のために存在するのであって、己の勝負のために存在するのではない。

イギリスの国民投票は衝撃だった。結果が、ではない。離脱派の後悔の仕方が、である。いわく、自分の一票がこういう結果になるとは思わなかった。いわく、本当のことを知らされていなかった。国民投票のあとに「EUとは何か？」を検索する人数が格段に増えたという。「日本人の市民としての能力はまだ発展途上」「民主主義を使いこなしていない」と思っていた私は、イギリス人は自分で調べ、正誤や、ことの結果を判断した上で投票すると思っていたのである。そうでないことが衝撃だった。

同時に国民投票の危うさに気づいた。デマや人の挙げた数字を信じる、結果について深く考えない、その場の感情で決める、という行動によってとんでもない結果につながる危険性を帯びている。だからこそ国民投票を政治的な操作の道具とする政治家もいるだろう。要警戒である。

（'16・7・13）

「家」意識

東京都知事選の投票日が近づいている。江戸時代は二〇〇以上の大名領（藩）が独自の政治を行っていたが、江戸は幕府直轄の天領なので町奉行が二人いた。司法、行政、警察を統括する存在である。同時に町人による自治の仕組みもあった。町年寄が三人いて、自治の中心を担った。町名主もおり、治安維持や紛争調停もしていた。さらに具体的な実務を担うのは家主たちで、大勢活躍していた。

ここから気づくことがある。江戸の政治の頂点はひとりではない。奉行は二人、町年寄は三人。合計五人もいる。村の自治も、村方三役といって三人だ。名主（庄屋）だけでものごとを決めるのではなく、組頭や百姓代など三人が一組で制度を担ったのである。

そこに、議会にあたる寄合での徹底した議論が組み合わさるので、なかなか良い仕組みだったと思う。しかしこれを「民主主義」と言うには欠点があった。それは、寄合に出る人々は個人ではなく家長だったという点である。結果的に、寄合には家の利害が反映されることになるだろう。本家と分家のしがらみもあったに違いない。

幕藩体制は家制度を基本としていた。そこで、藩主の気まぐれな行為が深刻な失業を生むこともある。「仮名手本忠臣蔵」のモデルとなった事件では、浅野内匠頭長矩が戦国時代の古い体質を残していたからか、誇りを傷つけられたことに逆上し、吉良上野介義央に切りつける。浅野家はとりつぶされ、家臣は皆失業した。教育と思想による国づくりへ転換した江戸幕府にとって、暴力で決着をつける方法は許せなかった。しかし処罰は個人のみで良かったはずだ。

江戸時代の仕組みは優れたところがいろいろある。しかし「家」を基本にしたことが、市民意識の成熟を妨げた。ちなみに自民党の憲法改正草案は、「家族」の尊重を全面的に打ち出した。いったいどういう社会に向かおうというのだろうか。

（'16・7・20）

巨大都市

東京都知事選挙の投票日が近づき、このところ江戸や東京について考える機会が増えた。「江戸を歩く」（集英社）という本を書いたことがあって、そのとき江戸は、実によくできた都市だと思った。

第一に、江戸幕府は江戸が、京都、大坂を含めた三都のひとつという認識があり、全てを江戸に包摂しようとはしなかった。首都は京都であり、江戸初期にルール（禁中並公家諸法度）ができてしまうと、京都の天皇家や公家などに介入しなかった。

第二に、江戸城には最後まで城壁を造らず、江戸湾および内濠《うちぼり》外濠の水を防御と流通の柱とした。結果的に江戸は、他の多くの運河も手伝って、ベネチアに勝るとも劣らない水の都であった。

第三に、焼失後に天守閣を造らなかった。防衛という名の戦争をやる気がなく、そういう資金は別に使った方が良いと考えていたのだ。といってもヨーロッパの王宮のように、城や装飾にふんだんに使うという発想もなかった。そしてハードによる防衛の代わりに、寺社の配置というソフトによる防御を整えた。北極星の方向に位置する日光東照宮の造営は、江戸幕府としてはもっとも資金を使ったぜいたくだったのかもしれない。さらに、東北の位置に寛永寺、その他に神田明神、山王社、増上寺などを配置して江戸の守りとした。

第四に、江戸を地方の藩邸の集積地とした。これは内戦防止戦略だったが、結果的に造園が発達して緑が多くなり、全国の情報と商人と商品が集まった。世界最大の人口を抱えることになったが、下肥や塵芥《じんかい》や布や紙や木材のリサイクルによる資源の循環と環境保全をすることで、この世界最大の都市はさほど悲惨なことにはならなかったのである。

しかし今は少子高齢化、テロ、貧困や格差を抱え、大地震の危険は世界で最も大きい。知事になる人は、国政よりはるかに難しい、と思ってほしい。

（'16・7・27）

ネーチャー・オブ・シングス

赤坂のサントリー美術館でエミール・ガレ展を見た。ガレのガラス作品に植物や昆虫が使われていることは知られているが、これほど実物に近く正確に描写されているとは驚いた。ガレの自宅には二〇〇〇種以上の植物が栽培されており、植物学者でもあった。生物全体についても、自然科学雑誌の愛好者で、ヘッケルの「自然の芸術形態」は愛読書だった。

芸術が正確な自然界の形態と合体して、あたかも博物学の媒体であるかのような様子をしているのは、江戸時代と共通している。着物に刺しゅうされ描かれる花や木や鳥には、驚くほど正確な描写がある。浮世絵師の喜多川歌麿の実質的なデビュー作は狂歌絵本「画《え》本虫撰《ほんむしえらみ》」だが、これは博物図譜と言ってもよいほど微細に描かれており、その技術が後の人物画に生かされた。根付けやたばこ入れやたばこ盆やくしやかんざしなど、日常生活のさまざまなものに自然界が乗り移っている。

私はこれをＩｏＴ（インターネット・オブ・シングス）に倣って、ＮｏＴ（ネーチャー・オブ・シングス）とでも呼びたい。ＩｏＴが、ものにインターネットが入り込むことで、もの相互を結びつけるように、ＮｏＴも、トンボやぶどうや木立や動物などの自然が、ガレと歌麿と着物と根付けの背後に広がり、膨大な博物学的な知性として日常をかたち作っていた。

いま世田谷の静嘉堂文庫美術館では「江戸の博物学」展が開催されている。一一月には、サントリー美術館で小田野直武と秋田蘭画の展覧会が開かれる。これらも、博物学や解剖学の世界が、美術や生活文化と不可分であったことを、教えてくれる。私はインターネットが大好きで、なかばオタクだが、同時にＮｏＴの威力も信じている。そして現代がそれを失ったことで、日常の知的世界が大事なものを欠いてしまった、と思っている。ものを通して自然界に好奇心が湧く社会が欲しい。

（'16・8・3）

象徴の主体的創造

中世以降、武家集団は天皇を徹底的に利用した。秀吉は自らの権威付けのために天皇を活用し尽くし、朝鮮侵略の際には北京を征服して後陽成天皇を明の皇帝に据えようと計画した。しかし後陽成天皇はこの侵略戦争そのものに、反対していたのである。江戸時代、徳川政権は天皇家を伊勢に移すことも検討したが、結局、諸大名の統合のために京都にとどめ、財政や規律は幕府が握った。明治以降の天皇制はむろん、政治と軍事のために作られた。

今回の天皇陛下のお言葉は、このような政治利用の歴史を超えるものに思える。戦後の憲法が定めた「象徴」の実質的な意味を自ら主体的に捉え直し、自ら行動し、それを自らの言葉で語られたからである。「その地域を愛し、その共同体を地道に支える市井の人々」の存在を認識することで、「人々への深い信頼と敬愛をもって」「国民を思い、国民のために祈るという務め」を成し得たと語られた。そしてその務めとは、「人々の傍らに立ち、その声に耳を傾け、思いに寄り添うこと」であった、と。そしてこのたびのお言葉は、「国民と共にあり、相たずさえてこの国の未来を築いて」いくためにはどうすれば良いか、という国民への問いかけであった。

政治に介入しないことは、政治に介入されないことでもある。そのことを、発言と行動で示された。象徴とは、政府や官僚組織に自らの運命をゆだねることではなく、市井の人々に直接つながり直接対話し、そこからともに方法を考えていくことだという発見が、ここにはある。

基本的人権を制限されている天皇制という制度の中で、その役割を捉え直し自ら意味を付与していくことは、まさに人権の創造的発動と言ってよいだろう。国民はもはや天皇を、政権に利用される存在にしてはならない。私たちもこれを、「主権」を深く考える機会にしたい。

（'16・8・24）

祈りの場所

今夏は旧盆を味わった。八月一六日（旧暦の七月一四日）は京都の五山送り火（大文字焼き）の日であった。私は行けなかったが、NHKBSの中継では、どしゃ降りの雨のなか五山に炎の文字がくっきりと浮かび上がり、荘厳だった。雨のもたらす雲霧の闇から、死者を送る本来の盆の行事の寂寞《せきばく》が伝わってきて、深く心に残った。

昨年は、隅田川の花火が本来は死者の供養のためのものであったことを書いた。盆行事も花火も各地で観光化されるに従って、死者など頭の片隅にも浮かばないかのような騒がしいものになっている。江戸時代では、盆には死と向き合い、正月にはともに年齢を重ねて生を祝ったのである。正月は華やかで、盆はしめやかなのだ。戦後でも、私の家ではキュウリとナスと割り箸で死者の乗る牛馬を作り、玄関前で迎え火送り火をたいた。そのたびに、亡くなった祖母を思ったものである。

番組のゲストだった松岡正剛氏は五山送り火から「もののふの激しさ、つらさ、悲しさ」を読み取っていた。応仁の乱は京都に刻まれた深い傷である。家ごとにたく送り火を、京都では都市を囲む山々がいっせいにたいたわけで、戦禍による死を京都全体で悼む歴史を持ち越してきたことになる。迎え送る死者のことを、京都ではお精霊《しょらい》さんと親しげに呼ぶ。生きる人々のすぐそばに死者が共にいる生活感覚である。

五山送り火のなかに、江戸時代に始まった鳥居形がある。盆は仏教行事だが江戸時代までは神仏が共存して祈りの場をつくっていた。神仏分離とは、明治政府もつまらないことをやったものだ。番組ゲストの樹木希林さんは「こんなに祈りの場がある先進国は他にないのでは」と感嘆していた。確かに教会やモスクなどの宗教施設はどこにでもあるが、日本ではそれを超えた「祈りの場」がしつらえられてきた。それは日本の重要な足場なのである。

（'16・9・7）

ＳＥＡＬＤｓ解散

八月一五日、ＳＥＡＬＤｓ（シールズ）が解散した。組織を維持することを目的としない考え方は、明らかにかつての学生運動の轍《てつ》を踏むまいとする発想だ。一九七〇年代、学生運動は個々の学生の自主的な運動から、組織の維持とそのための資金の獲得を目的とする運動になり、互いの殲滅《せんめつ》をはかる内部での暴力に向かった。組織の維持という目的になったのは、学生運動が「学生の」運動から、政治団体の政治活動に変わったからだ。そうであるなら、活動の場は全国と全世界に向かっていかねばならないのだが、そのときは自治会費という資金があり、政治団体が大学を拠点とし続ける動機となった。

シールズの活動の場は最初から世間だった。市民運動の役割が、自ら能動的に社会と政治に関わる意識を高めるためのものならば、運動の場はあらゆるところにあり、政治屋に利用されるような堅固な組織はむしろ害になる。運動はひとりひとりの内部に納得とともに落ちていかなければ、効果は発揮できない。

江戸時代の「連」の仕組みは、存続を目的とせず、大きくなることも目標に据えない、一種の文化運動だった。俳諧、狂歌、小咄《こばなし》、浮世絵を作ることを目的として集まり、人数が多くならないように適当なサイズで別の連を組んだ。動きの中から、本を刊行したり、落語というジャンルが生まれたり、浮世絵の完全カラー化が果たされたり、という成果があって、江戸文化のレベルを大いに高めた。彼らが個々の才能の開花に重点を置き、組織の維持を重要視しなかったからこそ、結果として成果が得られたのである。日本人はこのときまで決して「集団的」ではなかった。

国や組織がなんとかしてくれる時代は過ぎた。「シールズ的なるもの」が言葉や行動として拡散深化し、政治意識を高めた人々が次第に増えていく社会として、国民投票の時代を迎えたい。

（'16・9・14）

もう一度「苦海浄土」

「石牟礼道子全集」が二年前に完了した。未読の作品も読めて幸せだった。毎日新聞西部版「不知火のほとりで」もデジタルで購読している。そして最近、藤原書店は全集から「苦海浄土　全三部」を抜粋して刊行した。NHK「100分de名著」が九月いっぱい放送している若松英輔さんの「苦海浄土」案内も、言葉が的を射て素晴らしい。

「苦海浄土　全三部」のあとがきで石牟礼道子さんは、「当時の右とか左とかいうイデオロギーではなくて……〝義〟によって、書いたのです」と語っている。父親から「昔ならお前のやっていることは、獄門、さらし首だぞ」と言われ「覚悟はあります」と答えたという。まるで江戸時代、一揆に出る前の父子の会話のようではないか。石牟礼さんは全集のあとがきで、「私が描きたかったのは、海浜の民の生き方の純度と馥郁《ふくいく》たる魂の香りである」と書いた。私は大学一年生のときに「苦海浄土」と出合い、「世の中にこういう文学があったのか」と衝撃を受けた。一九七〇年、刊行の一年後である。水俣の話し言葉の芳醇《ほうじゅん》、広大な海と空のあいだに舟を浮かべ、魚を取って生きる漁民たちの命の豊かさと、水俣病の詳細な病態記録とが、天国と地獄のように乖離《かいり》していた。生身の人間のぬくもりと魂が、容赦のない巨大な刃物で断ち切られていくさまは、いわば作品そのものが日本の近代とりわけ戦後社会の、生々しい描写である。高度経済成長期に育った私はそのただ中にいた。胎児性水俣病患者は、おおよそ私の世代なのである。人ごととは思えなかった。

「苦海浄土」は三・一一の後にも読み直すべき作品だったが、沖縄の辺野古移設、相模原市の障害者施設での殺人事件、格差の広がりなど、軍事と経済効率が大手を振って人の命を踏み台にしていく今もまた、読み継がれねばならない。水俣病公式確認から六〇年の今年、私はもう一度江戸から、読み直してみようと思う。

（'16・9・21）

ゴジラの今

映画「シン・ゴジラ」を見た。政府や行政の危機対応手順が、ヒアリングをもとにリアルに描かれていると聞いたからである。首相、官房長官、防衛相ほかの各大臣、自衛隊、東京都知事等々が動く（あるいは動けない）経過、「専門家」とされる人々の頼りなさなど、「どこかで見たことのある」シーンが展開する。とりわけ面白いのは、米国大統領特使が秘密裏に日本に入って指導していくことだ。「日本はかの国の属国だからな」という官僚のセリフがある。

既視感は外の情景にも満載である。九・一一を思い出させるビルの崩壊、三・一一の記憶の底に蓄積された、船をなぎ倒しながら川をさかのぼっていくエネルギー、家屋の崩壊、さまざまな方向から上がる火の手、逃げ惑う人々、持ち上がる車両、空爆する米軍機、そして震災跡、原爆跡、戦災跡を思い出させる崩壊した都市の姿。

記憶を掘り起こされるのはそれだけではない。ゴジラは核廃棄物から生まれ、体内の原子炉で動く。それを止めるのは、凝固や冷却である。もしうまくいかなければ、国連安保理の決定で、米国が核攻撃をすることになる。日本に再び核爆撃がおこなわれるかもしれないのだ。さらに、ゴジラがやがて分裂して拡散する可能性が語られる。これは核拡散の比喩であろう。

ゴジラは、ビキニでの米国の核実験による被害を受けた日本が、一九五四年に発明した核の象徴である。小さな妖精とともに島の人々を守る巨大なガ「モスラ」も、核実験の映画だった。

江戸時代でも本や芝居で化け物が大流行した。生活の道具や家猫がその素材だった。身近なものが化け物になる。核は日本人にとって、それほど身近なものなのだ。

さて、動きを止めた核物質は埋めても凍結してもなくならない。それを知っていながら、これ以上増やさない決断さえできない人間とは、いったいどういう化け物なのだろう。

（'16・9・28）

父親を楽しむ

NPO法人「ファザーリング・ジャパン」の代表、安藤哲也氏と対談した。法政大が「ダイバーシティ宣言」を出したこの機会に、大学のサイト上に私が持つ対談コーナーHOSEI ONLINEに出演していただくためである。

ファザーリング・ジャパンは仕事をしながら子育てを楽しむ父親を支援し、増やすための組織だ。年に二五〇回もの講演や研修、本の刊行やコンサルティングを展開している。良い父親ではなく笑っている父親を増やそう、という呼びかけがすてきだ。しかもそれは、企業が変わり社会が変わることと同時に進む。企業や社会が変わらなければ男性が変わらないと考えてしまうと、何もできない。そこでこの組織では、育メンだけでなく育ボスを増やすことで、男性社員が育児休暇を堂々ととれるよう企業風土を変えようとしている。

ファザーリング・ジャパンは開設してすでに一〇年になる。安藤さんは一〇年も前から

「男性こそ変わらねばならない」と考えていたということだ。影響は徐々に、しかし確実に及んでいった。「男性たちの頭のOS（オペレーティング・システム）が、ずいぶん更新されてきましたよ」とのこと。

江戸時代は育児も介護も男女かかわりなく皆で行うのが当たり前だった。農家では役割分担があまり明確ではなく、臨機応変に皆が働き皆が育児も介護もした。当時の都市の絵を見ると、子供の世話をしている祖父がいる。商家では男性たちが雨戸開けや掃除をすることも多く、父親と息子が一緒に出かけることも自然だった。そもそも家庭の中の分業は近代の工場生産によって余儀なくされたわけで、働き方が変われば分業があいまいかつ臨機応変になるべきものだったが、人間の頭の固さが現実に追いつかなかったのだ。「サザエさんの家もドラえもんの家も専業主婦」と指摘された。男性も女性ももっと頭を柔らかくして笑って生きていこう。

（'16・10・5）

日本語が世界語になる日

むのたけじさんが八月に亡くなった。私が編集委員を務める「週刊金曜日」で、最期まで連載を続けてくださった。九月二三日号では、書けなかった原稿を息子さんの武野大策さんが書いてくださって、これが面白かった。むのさんは緊急入院直前「英語は今後も世界語か」というタイトルを決めていらしたという。その真意を受け取って、大策さんは「日本語が世界語になるにはどうすればよいか。世界でたった一つの戦争放棄をうたった憲法九条を世界に広めることではないか」と書いた。

この号が発売されたその日、私はこれをまだ読んでいなかったが、ある会合で日本の現状について意見を求められていた。私の考えは一貫している。まず、グローバリズムは一五七〇年ごろに達成されていたこと、江戸時代はその現実への対応として出現した時代であったこと、しかしながらその際限の無い征服と拡大という動きには乗らなかったこと、だからこそ国内の限られた資源を循環的に使って最大限に技術革新と応用をおこなったこと、そこに「日本の方法」が確立されたことである。

しかしながら、約二五〇年間蓄積してきたその方法を近代日本の為政者たちは一顧だにせず放棄し、征服と拡大に乗って今に至る。とりわけ戦後の高度経済成長とは、「成長」と言いながら日本の歴史が作ってきた豊かさを失う時代だった。今やどこの国も、征服と拡大がとっくに限界を迎え債務体質になっている。もしいま日本が江戸時代初期と同じように方針の大転換を実現したら、日本は課題解決先進国として世界の注目を浴び、日本語は世界語になるだろう。もちろん、英国が英語についてやってきたように、積極的な日本語拡大戦略も必要だ。

縮小を豊かさにつなげた日本の方法はこれから意味をもつ。留学生たちには、専門だけでなく日本語と日本の勉強をしておくように語っている。


（'16・10・12）

働きながら学ぶためには

法政大の英国校友会の総会に出席し、さらに欧州にいる卒業生たちに校友会を結成していただくため、今年も海外出張した。昨年はその折にデンマークのロスキレ大を訪れた体験を、この欄で書いた。

今年はロンドン大バークベック（Birkbeck）校を訪問した。バークベック校と表現はするが、ロンドン大は一九の大学の連合体なので、独立したひとつの大学である。バークベック校を訪問した理由は、ここが週四日、夜の六時から九時まで開講する、働く社会人のための夜間大学だからだ。

一八二三年、ロンドンのパブに約二〇〇〇人の労働者が集まり、労働者のための高等教育の機会を求めて声をあげたことが、その起源だ。それ以来、働く成人を対象にした大学として自然科学、法学、人文科学、経営学、芸術の五学部を持ち、学部学生約八〇〇〇人、大学院生約九〇〇〇人を教えている。

法政大もかつて各学部が夜間を持っていたが、社会人学生の比率が減って閉鎖した。その後、社会人は主に通信教育部と昼夜開講の大学院で学んでいる。通信教育部は通学科目も用意し、双方向の高い教育の質を保っていることで知られている。理想は、社会人の多様な働き方と要望に今以上に応じられる大学にすることだ。欧米の大学生の平均年齢に比べて、日本の平均年齢は極端に低い。生涯学び続けられる大学を増やすことは、世界の課題なのである。

江戸時代には大坂の懐徳堂のような、商人たちが自ら出資して作った高等教育機関があり、各地の石門心学講義のように、庶民が気軽に参加できる学校があった。どちらも働くことが優先された。

どうすれば社会人が働きながら学び続けることができるのか。米国のジョージタウン大には生涯教育学部があり、学位が働く現場につながる大学院があるという。人が学び続ける社会に変わっていかなければ、日本のこれからの変革はできない。

（'16・10・19）

歌は文学である

ボブ・ディランのノーベル文学賞受賞が決まった。歌手の受賞は異例と言われたが、スウェーデン・アカデミーの事務局長の理由表明は明快だった。すなわち、古代ギリシャの詩人ホメロスやサッフォーは「ディラン氏と同じやり方」で詩を作った、と。詩は朗読され、楽器を奏でながら演じられたのだから、それを前提に創造されたのだ、という意味である。

歌われる文学は、日本の場合、さらに広い範囲に及んでいる。記紀歌謡というジャンルは、「古事記」「日本書紀」の中で歌われる歌謡をさしている。「万葉集」「古今和歌集」その他の多くの歌の集は、まさに抑揚とリズムをもった歌なのであって、しかもそこから無数の物語が生まれた。「梁塵秘抄」もしかり。二〇〇〇から三〇〇〇の作品が作られたと言われる能の謡も、楽器とともに謡われた。「太平記」や「平家物語」も琵琶《びわ》を伴奏とする叙事詩であり、近松浄瑠璃は三味線に語りを乗せて超絶の文学となった。やはり歌から生まれた俳諧は芭蕉によって芸術の域まで高められた。日本古典文学は歌を基盤にして豊《ほう》穣《じょう》な世界を作り上げたのである。

それが、近代を迎えていつの間にか文学とは小説ということになり、文学賞の対象もおおむね散文作品になった。これは文学にとって不幸なことだったが、今回の選考で文学は再び、本来の広い世界に出たのである。

朝日新聞の「時時刻刻」は「ディランが体現しているものは、過去に深く沈潜することでしか見えてこない、腰のすわった新しさだ」と表現した。確かに私がギターをかかえて歌っていた高校生のころから、ディランに感じていたのは流行としての新しさではなく普遍的な疑問であった。なぜ人は戦場で殺し合わねばならないのか、激変するこの世界でどう生きていけばよいのか。真にラジカルな歌だからこそ世界の若者に大きな影響を与えたのだ。

（'16・10・26）

次の時代をつくる経費は？

先進国三五カ国の集まりである経済協力開発機構（OECD）のデータは、日本がどういう国であるか知る指標になる。なかでも驚くのは、日本における高等教育（主に大学）への公財政支出の少なさだ。学生一人当たりに対する公財政支出は米国やヨーロッパ諸国よりかなり少なく、イスラエルやトルコとほぼ同じだ（二〇一二年）。

しかもその数値は日本の国公私立大の平均であって、私立大だけだと最下位になる。その私立大は、大学生の約七四％を教育している。一九七五年に私立学校振興助成法が制定され、そのときに政府は私立学校への補助率を経常的経費の五〇％にするという目標を掲げた。しかしいったん伸びた補助率は落ち続け、今では一〇％を切っている。

そういう歴史の中で大学の授業料が次第に高くなり、それが少子化と格差社会の再生産につながっている。国の歳出の中で、未来をつくるための文教や科学振興費は合計で五・

五％程度であるのに対し、社会保障関係費の割合は約三三％で、その多くが高齢者を支える費用になっている。

日本私立大学連盟では政府にこの是正を常に求めている。私立大に進学した学生の約一三倍の補助を、国立大に進学した学生は政府から受け取っている計算になるからだ。むろん国立大への補助を減らせという意味ではなく、高等教育への支出の割合を増やし進学者を増加させることで、社会の安定性や国際的競争力を高める、という意味なのである。

江戸時代では、藩校以外の塾や手習いは全て私塾であった。昌平黌《しょうへいこう》（湯島聖堂）も一七九七年に幕府直轄になるまで私塾だった。学校が全て国の機関であることは必ずしも良い結果を生まない。多様な価値観や教育方法が柔軟強靱《きょうじん》な社会をつくるからである。

それにしても、次の時代をつくる経費をどう捻出するかは、日本にとっての重大問題である。

（’16・11・2）

高齢者として考える

私はあと三カ月で高齢者となる。それは今や、若者の教育や将来を妨げる層に入ることを意味する。その構造を変える責任がある。

二〇一四年度で、社会保障給付額は国内総生産（GDP）の二二・九％を占める。私があと二〇年生きると、社会保障給付額はGDPの二五％を超えるかもしれない。医療分野の国際比較を見ると驚く。日本は米英独仏などの先進国のなかで病院滞在日数が極めて長いことが特徴だ。その結果、七〇歳以上の医療費は一三年の統計で、全医療費の四七％程度を占める。このままでいいのだろうか？　医療に頼るより健康の持続をもたらす社会になる必要がある。

国民皆保険、国民皆年金、定年制という戦後社会の仕組みが、高齢者になると働かずに現役世代に支えられ不調は全て病院に頼るという価値観を作り上げた。それは既得権のようになり、なかなか他の生き方を発想できない。しかしこのままでは社会保障費の増大が若年世代を限りなく侵食する。

江戸時代は、ほとんどの人々が自ら老後保障を行った。働いて得た資金は「家産」と言い個人のものではない。家産を増加させてきた本人が、そこから一～三割程度の隠居料を確保する。隠居料は子供など相続者と契約書をかわす。契約を履行しない場合は裁判で財産を没収することもできた。ただし隠居とは働かなくなることではなく家督相続後の名称であり、年齢によらない。多くの作家や学者が隠居後に重要な仕事をしている。

定年をなくすのもひとつの方法である。しかしそのためには給与体系を年功序列型から仕事の内容や質や時間に沿ったものに変えねばならない。役職定年制の徹底も必要だ。そうでないと、高い給与取得者が増え続け、企業は立ちゆかなくなり、学校は授業料を増やし、また若者につけをまわす。高齢者として、若者が教育を受けられる社会をなんとしてでも作りたい。

（'16・11・9）

権力と助言者

韓国の朴槿恵《パククネ》大統領には、信頼できる政治家の側近がいなかったのだろうか。大統領だけでなく組織のあり方に問題がありそうだ。

権力者は深い孤独感を持つ傾向があると言われる。助言者の存在もそこから説明される。しかし人間は誰でも孤独だ。ひとりで生まれひとりで死ぬ。そのあいだの決断や行動は、自分以外の誰も責任をとれない。他人ができるのはいくらか支えることだけであろう。その意味で、人間は誰もが孤独なのである。権力者が強い孤独感を持つとしたら、他の立場の人間よりその孤独に早く気づくからだ。

問題は権力者が助言者をどう扱うかであろう。江戸幕府を開いた徳川家康には、天海という助言者がいた。天台宗の僧侶で、宗教を権力のために使いこなした政治的黒幕である。この人が日光東照宮や上野の寛永寺を徳川政権の中心に置くことで、江戸幕府を安定させた。家康は天海を使いこなしたのである。しかし政治制度が整うと、政権の外部に助言者を置くこともなくなった。むしろ内部にいる合理性と知性を持った官僚を側用人《そばようにん》とした。その中から老中になった者が、柳沢吉保や田沼意次のように国政を担ったのである。

恐らく国政の複雑さが増したからであろう。まして近現代ではいかなる組織であろうと、多くの情報の取得と、領域ごとの複数の専門家からの助言が必須である。多面的に考察し、内部のスタッフたちと課題を共有して議論を尽くす日常も必要である。情報の分析を常に複数でおこなっているのであれば、演説原稿の推敲《すいこう》は内部の人間にしかできない。ものごとがいかなる過程で、いつまでに何が決まりそうかは微妙な問題で、議論を共有している者にしかわからないからである。文書だけ渡して判断を仰ぐことは、ほぼ不可能だ。

リーダーには広い視野が欠かせないが同時に、近い人々と粘り強く付き合う強さも必要だ。

（'16・11・16）

乗り遅れた日本

一一月四日、「脱炭素」を掲げたパリ協定が発効した。しかしモロッコであった国連の会議に日本の批准が間に合わず、主導権をとれない状況になった。科学技術イノベーションの最大のチャンスに乗り遅れたのではないだろうか。

一九九七年の京都議定書採択前後、江戸時代の生活や環境への取り組みについて、ずいぶん尋ねられ、原稿や講演を依頼された。温室効果ガスの削減では、それが少なかった時代の暮らし方への関心が湧き、大都会江戸におけるゴミや排せつ物の処理にも関心が集まり、森林伐採の禁止にも興味を示した人々がいた。江戸時代についてはそれ以来、環境の側面を研究する外国人も現れたのである。

しかし日本で自然エネルギーの技術革新が次々と起こったかというとそうでもなく、やがて福島の原発事故が起きた。今や脱炭素に原発が奨励される時代ではなくなった。では、石油、石炭などの化石燃料ではなく、原発でもないエネルギーで電力を確保するにはどうしたらいいか。一斉にその開発に走り出すことになるだろう。技術イノベーションが日本を救う、という言葉をよく聞くが、なぜ政府は熱心でないのだろうか。

批准が遅れたのは環太平洋パートナーシップ協定（TPP）承認を優先したからである。海外拠点を持つグローバル企業の強い要請によるのであろう。原発依存をまだ諦めていないのかもしれない。温暖化への危機感が薄いのだろうか。いずれにせよ、長期的な日本の発展より目の前の利益重視が、アベノミクスの特徴に見える。

パリ協定はエネルギー問題だけでなく、森林など炭素吸収源の保全にも注目している。日本が森林を活用して木造建築の技術革新を起こすことと、森林保護による炭素吸収とを両立できれば、重要な技術になりそうだ。さまざまな試みが各国で起こってくるこの機会に、日本も持続可能技術に乗り出すべきだろう。

（'16・11・30）

小田野直武

人の名前をタイトルに使うのは初めてだ。これにはわけがある。来年の一月九日までサントリー美術館で開催している展覧会が、江戸文化にとって極めて大きな意味をもっている。そのタイトルが「小田野直武と秋田蘭画《らんが》」なのだ。

小田野直武とは江戸中期の秋田藩士で画家である。「解体新書」の挿絵を描いただけでなく、オランダ絵画の風景画を取り入れて空と水を美しく描き、山水画の枠を超えた。日本に浮世絵風景画が確立するのはこの人がいたからだと、私は考えている。花鳥画を超えて動植物の正確詳細な写生画を広め、人物画には人柄を表す表情を描いた。西欧の遠近法や陰影法を使ったのは当然だが、基本には中国画のテーマと日本の風景、草花、人間を置き、それらを編集しつくしてどこにもない独自の世界を作ったのである。しかし若くして亡くなり、その活動はたった七年間であった。展覧会のタイトルには、「世界に挑んだ七年」という頭書きがつけられている。

なぜ江戸時代にとって重要かといえば、ヨーロッパとアジアの文化・技術が出合い交わって花開くのは、まさに江戸文化の特徴だからである。着物も浮世絵も出版も、そのような編集性のなかで熟成されていった。小田野直武は、江戸文化のその特性を代表する絵師なのである。江戸時代にはまだ一般には知られていない天才がたくさんいる。伊藤若冲などこの数年で著名になった人もいる。小田野直武も一九三〇年には紹介されていたが、長らく洋風画家とされていたので、その存在の意義が伝わらなかったかもしれない。

維新後の西欧依存、敗戦後の米国依存を経て日本はこれからどのように独自の思想と文化を築き得るのか、それが問われている。だからこそ、すべてに開かれ何にも依存しない創造力に注目しなければならない。江戸文化はその経験をもっている。小田野直武はその代表のひとりなのだ。


（'16・12・7）

斟酌の力

ワシントンDCのシンクタンクで働く、卒業生の女性と対談した。研究者などへの支援を担当し、会社と彼らとの間に立つ役割である。彼女への評価は高い。自己主張して目的のものを獲得しようとすると、いさかいが起きることがある。調整役の彼女がどちらかの立場に立って勝ち負けの問題にしてしまえば関係は悪化する。結局話はまとまらない。しかし彼女はまとめる。その理由は？　と聞くと「相手の立場や気持ちを斟酌《しんしゃく》して交渉できるからでしょうね」と言う。そしてその能力があるのは「日本人だから」と周囲から思われ、自分もそう思っているというのだ。

その数日のあいだに、同じ話を合計四回聞くことになった。外国の放送局に配信する番組収録の打ち合わせでも、場をわきまえてトラブルを回避する日本人の態度は評価すべきかどうか話題になった。同じ会社の欧米人と日本人のビジネスマンの「断り方」を対象にした研究報告では、日本人は相手を説得するのではなく、心情を配慮して言葉を言いさして終わりにするなどの特徴が見られるという。日本についての会議では、個人の中に存在する多様な能力を場によって使い分ける柔軟性は、今後の世界で役割を果たす、という議論になった。

江戸時代では「大岡政談」に「三方一両損」がある。三人それぞれが自分だけ得をしよう、あるいは自分だけ格好つけようとすると、戦いしか結果しない。しかし全員がいささか損することを承知すれば、無駄な争いは起こらず、結局社会は良い方向に向かう。アベノミクスも「三本の矢」ではなく、「三方一両損」を目標にすればよかったのに。

日本人は実は世界における交渉に大きな力を持ち得るのではないか。しかし単に適当にまとめるのでは意味が無い。明確な目標を持って三方一両損の交渉を粘り強くすることが重要なのだ。その目標については次回に。

（'16・12・14）

戦争回避が目標

前回は、日本人は実は世界における交渉に大きな力を持ち得ること、しかしそこには明確な目標が必要で、その目標に向かって「三方一両損」の交渉術を粘り強く展開することが重要だと書いた。

その目標とは「徹底した戦争回避」である。江戸時代の日本はそれを目指した。内戦で田畑が荒廃し、海外戦争で経済的に逼迫《ひっぱく》した戦国時代から転換し、日本への軍事援助要請も拒否し、何より太平の世で人々がものづくりに集中して働くことのできる環境を整えた。国産品の生産量を上げて内需を拡大し、輸出品を増やしていくことが新たな目標になった。

国家の役割は必ずしも富を生み出すことではない。人々が安心して自ら能力を発揮し、衣食住を満たし、イノベーションで富を生み出すサポートをすることこそ、国の役割である。選挙の前に「景気を良くしてほしい」と言う人が多いが、景気を良くするのは生き生

き と働く人々である。政府がやるべきことは、その環境を整えることだから、その基本は「戦争を回避すること」「地域格差をなくすこと」そして「教育の仕組みを整えること」であろう。

米国の変化によって日本は今後、対米従属から自立せざるを得ないだろう。しかし戦前の軍事体制に戻る自立は、世界が受け入れない。むしろ「徹底した戦争回避」を、日本は柱にできる。「平和」という言葉は「積極的平和主義」「平和のための戦い」などいくらでも言い訳が可能だから、平和ではなく「地球上のあらゆる場所における戦争回避」を国是とする。その基準で、米国およびアジア各国との対等でしたたかな「三方一両損」交渉に取り組む。米軍基地の撤去、技術開発、そして江戸時代に実現したような「エネルギーと食糧の自給による環境保全」「ものづくりの国の形成」と、「日本ブランドによる輸出国」の確立を目指す。憲法九条が生き続ければ、その道がある。

（'16・12・21）

ジャーナリスト後藤健二

後藤健二さんがシリアで亡くなってからおよそ二年になる。このたび、映像ジャーナリスト栗本一紀さんの著書「ジャーナリスト後藤健二　命のメッセージ」（法政大学出版局）が刊行された。

後藤さんを追悼するだけの本ではない。何よりも「ジャーナリストとはどういう職業か」に多くのページが割かれている。フリージャーナリストと大手メディアとの関係、取材対象の設定、取材方針、渡航手続き、予防接種、機材の準備など極めて具体的に書かれ、ジャーナリストがいかに冷静かつ周到に準備し、取材対象地域の紛争を観察し、多くのリスクを負いながら伝えているかよく分かる。

その上で著者は後藤健二さんを語る。後藤さんが法政大在学中にアメリカに留学しイスラエルにも旅をしていること、念願のジャーナリストになってからイラク、ルワンダ、チェチェン、コソボ、シエラレオネなどで取材を積み重ねていたことが明かされている。

後藤さんは現場を伝えるジャーナリストだったが、「戦いの前線には行かない」という方針を持ち、中立を守る姿勢を貫いていたという。中立とは独立した「自分の根っこを持つこと」で事実を見極める独自の判断基準を保ち、公正な報道を実現することだ。

戦時下にいる多くの子どもたちを後藤さんは撮った。それは、最も伝えるべき「命」がそこにあるからだ。戦場の現実を知ることが戦争の回避につながる。無関心は無知を生み、無知が戦争を呼ぶ。

江戸時代にメディアはあったがジャーナリズムは育たなかった。その後も日本のジャーナリズムは脆弱《ぜいじゃく》だったかもしれない。しかし今、現実を伝えようとする日本人ジャーナリストたちが世界中にいる。彼らは私たちの目となり耳となってくれる。本書は中高生を念頭に置いて書かれた。本書が未来のジャーナリストが育つきっかけになれば、後藤さんはどれほど喜ぶか。


（'16・12・28）

Ⅲ　2017年

江戸の正月

いよいよ新年、と言いたいところだが、江戸時代であったなら、今年の元日はまだ一二月四日、新年は一月二八日まで待たねばならない。その日から春になる。

江戸時代の三が日は、心底ほっとする日々だった。なぜなら暮れの三〇日（三一日という日付は存在しなかった）までは、収支精算の期間だったからである。現金払いが浸透しつつあったが、掛け金（後に支払う約束で売買する品物の代金）集めは一般的で、そのドタバタが、落語のネタにもなった。

支払う側の言い訳の面白さを語るのが「言訳《いいわけ》座頭」、掛け取りに来た相手の趣味を逆手に取って言いくるめるのが「掛け取り」だ。座頭の言い訳の妙も、借金取りの趣味を共有して狂歌や芝居をやってみせる男も、それだけの能力があれば働いて稼げばいいのに、と思ってしまう。

掛け取りする側の噺《はなし》もある。「よかちょろ」というおかしな題名の演目では、掛け取りに出かけた若旦那が途中で吉原に寄って金をすっかり使ってしまい、父親に、何に使ったか白状させられる噺だ。よかちょろとは、武家の生まれで落語家になった三遊亭三福が、明治二〇年代に流行させたわけのわからない唄と踊りである。

憂鬱になるだけの借金と借金取りを笑えるのは、落語ならではの世界だ。死や強欲やどうしようもない怠け心も、落語は笑ってしまうのである。とりわけ暮れは、人をおもしろがらせて金の問題から気をそらす。噺を聞く客もいっとき憂鬱な気分から解放され、そして新年を迎える。

どんな問題もそう簡単には解決しない。しかしまず笑おう、正月なのだから。江戸の笑いは、そういうメッセージを持っている。年が明けると、晴れた空にはたこが舞い、芸人たちがやってきて、やがて日本橋川に初荷の舟が集まってくる。そして誰もが一歳年を取り、新しいげたをはいて、新たな自分になる。

（'17・1・4）

赤松小三郎のこと

年末に読んだ関良基『赤松小三郎ともう一つの明治維新』（作品社）は、近年にない収穫だった。

赤松小三郎とは、江戸時代の信州上田松平伊賀守家中の下級武士で、明治維新前、選挙で選出された議員による議会政治の建白書を越前福井藩の松平春嶽、薩摩藩の島津久光、そして徳川政権に提出した人物である。そしてその四カ月後、暗殺された。

維新前には加藤弘之が立憲君主制案を考え、大久保忠寛が諸侯による議会の案を出していたが、普通選挙による議会制民主主義案は赤松が最初だという。赤松は選挙のことを「入札」と表現している。江戸時代、村などの共同体では話し合いで決着がつかない場合選挙をおこなっていることがあり、それを「入札」と言っていた。しかしここで提案されているのは、日本という単位における選挙である。その選挙で選ばれる議員は諸地域から数人ずつ合計一三〇人、それに比してわずか三〇人を公家、諸侯、旗本から選挙する構想であった。

　政治だけではない。国中の主要都市には大学をはじめとする教育機関を置くことも提唱した。江戸時代は多くの手習いがあったが、それらは制度ではなく慣習だったので教育上の不平等は免れなかったのである。赤松は、人々の平等と、それぞれの特性に従って能力を発揮することを重要視している。江戸時代は農家のみが年貢を支払っていた。その率を減らし、農家以外の武士や商家などからも税金を取る提案もした。「諸民」が平等に働くことが、人の平等につながるからである。

　著者は、明治維新という国民的物語が大事なものを忘却したという。それは、日本に立憲主義の源流が存在したことである。談論によって合意形成する江戸時代の地方行政や権力を分散する方法などが欧州の政治と出合ったとき、自発的に生まれた発想であろう。現行憲法を押し付けだと言い募る前に読んでほしい。

（'17・1・11）

トランプ氏と「徳」

いよいよトランプ米大統領就任である。上に立つ者はその「徳」や「義」によって人々の範となる、という考え方はどうやら米国にはないようで、強い者が勝つ、という道理を示したようだ。その結果、自分の強さを弱者に向かって示威する人が増えたと伝わってくる。

江戸時代では論語が「君子」の導き手だった。君子とは高位高官の人であり政治をおこなう人を指すが、同時に学識と高い人格を備えた人を意味する。つまり政治をおこなう地位の高い人は人格者であって当然であり、そうあらねばならないという考え方が東アジアおよび江戸時代の日本の一般的な考えだった。むろん皆が皆そうであったとは言わないが、理想を持っていることと持っていないことでは雲泥の差がある。

「子いわく、君子は周して比せず。小人は比して周せず」という言葉がある。周するとは、広く公平に親しみ交わることで、比するとは、利害や感情で交わることである。公正さは君子の条件のひとつである。取引駆け引きで富を得る者は君子になり得ないばかりか、それは戦争のもとになる。

「子いわく、君子は諸《これ》を己に求む。小人は諸を人に求む」とも言う。困難に陥ったときに、他国や他人のせいにしないのが君子である。他国のせいにしたらどんな困難も乗り越えられない。「徳、孤ならず。必ず隣あり」とも言う。徳をそなえた君子が治める国は、まわりが孤立させない。その徳を範にして同じ道を行こうとする。米国の多民族による民主主義は「徳」だったはずだが、実は単に自国の利害で動いていたに過ぎないのかもしれない。

「小人」は君子の反対語で徳の無い人という意味だ。「女子と小人は養い難し」の「女子」も女性一般ではなく徳の無い女性を意味する。政治家を見る目の中に徳という価値基準を取り戻さないと、とんでもない世界が出現しそうだ。

（'17・1・18）

能という日本文化

　このエッセーが出る頃、今年も「観世寿夫記念法政大学能楽賞」の贈呈式が開催される。法政大学には一九五二年に設立された「野上記念法政大学能楽研究所」があり、国内共同研究拠点であるばかりでなく、国際的な研究拠点になっている。野上を冠しているのは、野上豊一郎の研究室を大学が研究所にしたからである。

　私も法政大学で当時所長を務めていた表 章《おもてあきら》教授に教わった。研究所があると、在学生は自然にその領域に接することになる。大学内の研究と教育は通底しているのである。

　能は江戸時代、極めて重要な位置を占めていた。茶の湯とともに武家の必須教養であり、幕府や藩に支援されていたからである。幕府は単なる政治組織ではなく、文化基準を持っていた。武士たちの頭脳には中国の政治思想を、その身体には日本の伝統文化を、刻み込んだのである。武道だけではなく茶の湯と能という、武家が伝承してきた身体文化を、武士たちを通して次の時代に持ち越そうとしていた。能は、中世の武家の物語とともに平安時代の和歌を基盤としている。能の詞章《ししょう》を知ることで、日本文化の広い範囲を理解することになる。実に賢い方法だ。

現代の政治家や官僚は少しでも能など日本文化の教養をもった方がいい。そうでないと日本を誇りに思えず、力の勝負に依拠する国家主義者になる。能の詞章は歴史の中の無数の「個人」のつぶやきだ。ぜひそれを聞いてほしい。

能楽賞は、研究者や能役者など、能楽の普及に貢献した個人・団体に贈られる。「催花賞」というのもあって、地方在住の能楽囃子《はやし》方やワキ方らの功労者、後継者の養成や能楽の普及を顕彰している。昨年は、チェコで日本の狂言を演じ続けている「なごみ狂言会チェコ」という団体が受賞した。地方の顕彰から世界に広がりつつある。日本文化は賢く使えば世界で花が開く。

（'17・1・25）

元号のゆくえ

二〇一九年元日から元号が変わるというニュースが流れた後、「元日は皇室の重要な日」という宮内庁のコメントが出た。つまり元日には変わらない、ということか。どうなるかわからない。元号の変更は準備も出費も大変だ。

一世一元の元号法は一九七九年に成立した。一世一元は明治以降の近代天皇制の考え方である。江戸時代の改元理由はさまざまで、天皇の代替わりだけではなく甲子革令、辛酉革命による改元、そして大火や震災など災害が起こったときの改元が頻繁にあった。

甲子革令、辛酉革命とは、十干十二支による数え方である甲子の年と辛酉の年に世の中が大きく変動し混乱する、という信仰がもとになっている。混乱を避けるためにあらかじめ年号を変える。災厄を避けるために行う改元では、例えば元禄地震の後に「宝永」と変えたが災禍は去らず、ついに富士山が噴火して「宝永山」ができた。

つまり元号とは一種の呪術である。法制化された理由は官庁でも新聞でも歴史記述でも元号を使っていたからであった。しかし私は、時代が元号によって解釈されることが良いとは思えない。「昭和元禄」という言葉があった。経済的繁栄を意味したのだが、元禄時代は忠臣蔵の事件や大地震などさまざまな変動があった時代で、その側面が見えなくなる。昭和もまた長い戦争の時代であった。学生が詳細を知らないまま「化政」を「退廃、爛《らん》熟《じゅく》の時代」などと言うので、西暦使用をすすめている。時代がのっぺりと一つの特徴で覆われることはない。元号による特徴表現は単純化をもたらしている。

西暦は使わざるを得ない。元号との併用が真に大事なことなら手間は惜しまないが、元号を使い続けることは、日本の歴史と文化を知る上で本当に大事なことなのだろうか？もし大事だとすれば、近代日本は個々の天皇によってその政治や文化が形作られている、ということになるのだが。

（'17・2・1）

建国と建学

もうじき建国記念の日である。この祝日は戦後しばらくして一九六六年に制定された。そのもとになった紀元節は、明治になってから一八七三年に作られたのである。つまり、江戸時代には建国記念の日はなく、その前提となる「建国」という概念すらなかった。

ところで、なぜ二月一一日が建国記念の日なのだろうか? 日本神話の登場人物で初代天皇とされる神武天皇の即位日が、紀元前六六〇年一月一日(旧暦)ということで、その即位月日を明治に入り新暦に換算した日付が二月一一日ということらしい。しかし今年の二月一一日は旧暦の一月一五日なので、正確な建国記念の日ではない。これがそもそも、伝統的には日本に建国記念の日が無かったことを表している。旧暦を新暦に読み直したことに無理がある。毎年一月一日を建国記念の日とすればよかった。旧暦では人も元日に年をとることになっていたので、国が年をとるのも自然である。この「無理」は恐らく、明治に近代国家を急いだ無理と、戦後の国家理念の無理からきているのだろう。

大学にも建学の年がある。長い伝統を持つ大規模私大のいくつかは、ほとんど同じ建学の経緯を持つ。明治時代に新しい国をつくるにあたって法律が必要となり、欧米とくにフランス法学を学ぶために作られたからである。法政大学、明治大学、関西大学はボアソナード博士の法学を建学の契機としている。実際にこの三校の学長・総長はとても仲が良い。明治大学の土屋恵一郎学長は能楽の評論家でプロデューサーとしても知られており、以前からの知己である。平和と人権、軍事研究の禁止など、三大学は価値観を同じくする。

しかし「同じ」とばかりは言っていられない。それぞれの大学が個性を持ち、独自の言葉で建学の精神を表現している。国もまた米国的な「普通の国」ばかりめざすのではなく、独自な国としての価値観が必要だ。

（'17・2・8）

あいまいさを受け入れること

白鷗大学副学長で精神科医である北山修氏の退職記念講座が開催された。北山さんは長いあいだ、レクチャーとコンサートを組み合わせた「アカデミック・シアター」を開いてきた。医師であり学者であるとともに、多くのヒット曲の作詞家であり歌手でもあったからだ。私は機会があるごとに出演者として観客として参加してきたが、今回は大学での催しものとして、実に興味深い話を伺った。

それは、専門教育を受けていない人が、独自の表現で作品を創る「アール・ブリュット」というジャンルの絵画についてだった。日本では知的あるいは精神的障害をもった方々のアートとして広まってきたもので、長い歴史がある。

もちろん作品も印象深いものであったが、作品の創造プロセスはさらに重要に思えた。アール・ブリュットは仕事ではない。人々は内面的な必要があって創造している。ではなぜ、無目的無秩序に思える創造を続けることができるのか。それは、その環境を守る家族や社会があるからだという。

そこで北山さんは詩人ジョン・キーツの言葉を挙げた。ネガティブ・ケイパビリティーである。「短気に事実や理由を求めることなく、不確かさや、不可解なことや、疑惑ある状態の中に人がとどまることができる」ことである。

内面が求める表現を思う存分行うことで生きられる、あるいは能力を発揮できるとしたら、それを可能にするのは、不可解な創造活動を包み込む場が提供されていることだ。私は江戸時代の文学芸術の創造過程に関心をもち、つくり手の集まり「連」がその機能を担ったと考えてきた。家族でなくとも学校や大学や社会がそのような場を提供できれば、多様な人々が才能を発揮して生きられる。今、世界中があいまいさや不確かさを排除しているが、それは最も危険な閉塞《へいそく》的世界をもたらすだろう。

今必要なのはネガティブなるものを包み込む力だ。

（'17・2・15）

つぶやきの国

ツイッターが国を左右し、世界の耳目を集める時代がやってきた。その功罪を問うより事実を受け止めねばならない。なぜならツイッターはさらにその働きを多様化し、生活に浸透していくからだ。

日本はそもそも「つぶやき」の国であった。五七五七七の三一文字、五七五の一七文字。詞書《ことばがき》で場面を記述すれば「伊勢物語」もつぶやき系。「枕草子」はつぶやき集。江戸文学は俳諧を中心に狂歌、川柳ばかりか、日記や随筆の執筆人口が膨大だった。人々は言葉を凝縮し彫琢《ちょうたく》し、それが文化となった。

ツイートは英語では「さえずり」、日本では「つぶやき」と表現される。外に向かうさえずりに比べ、つぶやきは自分の内面に向かう。「まだ二月というに妙に鳥たちの姿が見たい。あの小さきものらが季節の肌理《きめ》など飛び縫って近所を啄《ついば》むのが、きっと内耳的な遠近官能を擽《くすぐ》るからだ」——これは松岡正剛氏のツイッター「日刊セイゴオ『ひび』」の一節だ。肺がんを患って手術に臨み回復していく過程を、私はこのツイッターを読むことで共有した。「体の隙間《すきま》を心が庇《かば》い、心の折れ目で体が捩《よじ》れる。体も心も傷つきやすく、意志の血脈は移ろいやすい。われらは『時の石』に躓《つまず》いてきた。この石は川石のように数えられない」——松岡氏のツイートは内面から言葉を絞り出し、凝縮雕琢して外に置く日本の短詩型の本質を見せる。書評サイト「千夜千冊」や「科学道一〇〇冊」企画や出会った人の評価など、情報発信と評価もまたツイートされるが、その全体が、その人でなければ築けない場として、日々構築される。

ツイッターを江戸から見たとき、まずは雕琢を通した上質の詩歌となることを目指すものなのではないか。なぜならツイッターもまた、通り過ぎて消えていくように見え、選ばれ編まれて一〇〇〇年も二〇〇〇年も生き延び、人の文化の一部になるからである。

（'17・2・22）

デュアルユース

一月二七日、法政大学は「軍事研究・デュアルユース（軍民両用）研究等に関する本学の対応について」という声明を出した。「真理の探究に努め、国際平和と持続可能な地球社会の構築に寄与する活動を行うものとし、軍事研究や人権抑圧等人類の福祉に反する活動は、これを行わない」というのが、その趣旨である。同時に私から声明の理由として「人命の収奪と人権の抑圧をもたらす道具やその稼働システム、および、人命の収奪と人権抑圧の最たるかたちである戦争を目的とした武器等の研究・開発は、本学が使命とする持続可能な地球社会の構築の対極にあり、これに関与するのは、本学の存立基盤をゆるがす」ことを説明した。この声明と姿勢を巡り三月一八日にはシンポジウムも行う。

ところで私は、軍事研究を「デュアルユース」と呼びならわしていることに少々違和感を覚えている。コンピューターとサイバーセキュリティー、宇宙開発や全地球測位システデム（ＧＰＳ）などは軍事研究から始まったという。だから大きな資金が動く軍事研究は民間の生活を豊かにする、という理屈である。しかし、そこに原子力を加えてみる。これは軍事利用から民生に転換されて「平和利用」と言われ、まさにデュアルユースだ。それで危険ではなくなったか？　三・一一を思い出さねばならない。

　サイバーセキュリティー技術がサイバーテロと裏腹であるように、コンピューターもＧＰＳも暴力の道具になる。デュアルユースという言葉を、軍事研究は民間に貢献するという意味や、大学や企業の基礎研究が軍事にも使えて国に貢献する、という意味に使うのではなく、科学技術は使い方次第で、どのようにでも残酷になり得る、という自戒の言葉として使うべきだ。

　江戸時代の武士は二本の刀を差していたからこそ、学問を行い思想と自己制御力を鍛えた。科学の発展に思想の進化は不可欠である。

（'17・3・1）

現代の国際通用性

ＳＧＵ（スーパーグローバルユニバーシティー）という言葉がある。正式には、スーパーグローバル大学創成支援といい、国が、国際通用性の強化に取り組む大学の教育環境整備と改革を促す目的で、それにふさわしい大学を選び支援する仕組みをいう。法政大学はスーパーグローバルユニバーシティーのひとつだ。付属高校である法政女子高もスーパーグローバルハイスクールかつ国際バカロレア認定校で、二〇一八年度からは共学の法政国際高校となる。

江戸時代では、国際通用性は漢学によって保証されたので、高等教育機関は必ず漢詩漢文、四書五経の教育をおこなった。ただし通訳以外は中国語ができなくてもよかった。漢詩文の読み書きができれば、思想と理念は学べるからである。中国から僧侶はやってきたが、留学生は来ない。留学もしない。新しい中国文学はたくさん入ってきたので、中国語通訳がその読み方を広めることはあったが、日本語訳が刊行されたからあまり不自由はなかったのである。

つまり、国際通用性の意味が違う。今は多くの学生が留学し、日本語のできない留学生も受け入れている。しかもその目的は語学能力だけではない。先日、法政大学付属高校生による英語プレゼンテーション大会を開催した。世界で生きていくために何が必要か、というテーマに対して生徒たちは、偏見と差別感を克服していく姿勢や、他者に向き合う勇気や、言語だけではなく表情や行動によって自分の考えを表現する能動性や、他者の意見に耳を傾ける寛容さや、さまざまな状況のなかで発揮する柔軟性と協働などを挙げた。

これからの国際通用性とは、江戸時代が漢学で、明治時代が洋学によって外国に追いつくことを目的としたようなエリート養成ではない。排除と差別の無限循環に陥ることなく、課題の克服のために連携していく能力なのだ。

（'17・3・8）

わたくしする

私立学校だからといって、どんな教育をしてもよいのだろうか？　森友学園への国有地売却問題でその教育内容を知ることになり、考えてしまった。ちなみに幼稚園は学校教育法に定められた「学校」である。

私は六年間カトリックの私立中学高校で教育を受けた。朝と昼に祈りをささげ聖歌を歌い、人への接し方とりわけ愛のありかたについて講話を聞く。しかし信者になることを強要されることはない。なぜなら教育とは「人としてどうあるべきか」を示唆し、そのモデルを示すことで、子供たちが自ら生き方を決めるよう促すことだからだ。

複雑な世界で自立して幸せに生きていかれるよう、判断力や自己決定能力を養うのが教育だ。

森友学園の経営する塚本幼稚園の場合、運動会で園児が「尖閣列島、竹島、北方領土を守り、日本を悪者として扱っている中国、韓国が心を改め、歴史教科書でウソを教えないようお願いいたします。安倍首相がんばれ。安保法制国会通過よかったです」と大声で宣誓する。私立だから何を教えようと経営者の自由だという前提に立って考えてみても、今の日本が求めている思考力・判断力・表現力の教育の正反対の事例だ。なぜなら、ある特定の大人の「結論」だけを口移しししている。

教育は公平と公正を基本にした社会資本である。それをイデオロギー喧伝《けんでん》のために使う。江戸時代ではこういう行為を「わたくしする」という。私立学校は「わたくし」が営む学校でありながら、「わたくし」してはならない。多様性《ダイバーシティー》を保障することで個々人が能力を発揮できるようにする自由が担保された場こそが、教育の場である。

国が教育研究の目的や価値観を極めて狭く（たとえば国家のためなど）限定してきたときに、それを広げるのが私立学校の役割である。

（'17・3・15）

愛国

江戸時代には国学という学問があった。幕府が基本としていた朱子学と秩序の基本となっていた仏教への批判の学である。漢学におおわれた江戸時代の思想界の中で「日本語とは何か」を問うことから始まり、歌学や歴史学に広がった、いわば反体制の学問である。国学が近代ナショナリズムに影響を与えたわけは、本居宣長が「世界の根源は日本である」という考えを持ったからだが、国学者は実に多様で、そういう不可解な理念には、国学者から批判やからかいもあった。

世に「日の神論争」と言われている、本居宣長と上田秋成の論争はその代表だ。宣長は、天照大御神《あまてらすおおみかみ》は世界中を照らす神であり日本は万国の宗主だと言う。秋成は、神話伝説はそれぞれの国にあり、日本にもあるに過ぎないと論じた。つまり多様性を主張した。

世界が日本から生まれたという説は置いておくとして、国学は漢籍に紛れてしまった日本語と、日本の神話、和歌、文学、歴史の価値を再発見しようとする壮大な試みだった。「古事記」「源氏物語」をはじめ、さまざまな文学や歴史書が再評価され、日本の「古典」の全体像ができたのは、このような掘り起こしによるのである。

今の愛国は明治日本だけを見つめ、領土問題や政治にのみ関心を向けているが、本来は江戸時代とその前の日本を対象とし、精緻な日本学と日本語研究、日本語教授法の開発・普及など、もっと関心を向けるべきものが山ほどある。

謡や仕舞、日本舞踊に三味線、茶の湯に武道に和歌俳諧に和服。お稽古《けいこ》事も今ならまだある。三〇年前には専門家しか知らなかった伊藤若冲を誰もが知るようになったごとく、これからの日本に生かすことのできる日本文化を、もっと楽しみもっと発掘したい。

日本語のできない留学生が増えている。日本語教育の拡大と日本文化の面白さの発掘伝達は今こそやらねばならない。

（'17・3・22）

小人を遠ざけよう

江戸時代の人々は、多くのことを歌舞伎から学んだ。歌舞伎には美しい女装の詐欺師や美男の色悪も出てきて、楽しみながら悪について学べる。むろん義や情、表と裏のかけひきも豊かだ。昨今、世の中は「〜劇場」が次々に出現してまるで江戸時代の歌舞伎だ。先が予測できないだけに目が離せない。いっそ劇場から学ぼう。

江戸時代の人々なら今の劇場を見ながら「女子と小人は養い難し」を思い出したことだろう。続きは、「之《これ》を近づくれば則《すなわ》ち不遜なり。之を遠ざくれば則ち怨《うら》むと」である。小人は「君子」と対照的な言葉だ。女子は「淑女」の対照語で、女性一般ではなく徳のない女性を意味する。君子淑女は、自分のことはさておき、組織や社会を善に導くための思想と意志で行動する。女子と小人は、自分の利益だけを考えるので、権力権威をもった人にすり寄り利益を得ようとする。うまく懇意になっている間は好き勝手にふるまうが、遠ざけられた途端に恨みが噴出し、いくら世話になっていようが相手の弱点につけこんでいろいろ暴き始める。

そこで、女子と小人には近寄らないのがいちばんだが、彼らはお世辞がうまい。称賛に弱い人はころりと参ってしまうだろう。そこも江戸人に見習おう。「子ほめ」という落語がある。八五郎が世辞の言い方を学ぶが、なかなかうまく言えないという咄《はなし》だ。ここには、世辞はしょせん型にはまった世渡りの道具という考え方がある。生きていくために必要だが、笑い飛ばすものでもある。言われる方も言い方を直してやったりして一緒に笑えばよい。

そして俳諧では、「つけすぎ」と「はなれすぎ」の距離感を学べる。五七五と七七の間は、前の人から言葉を受け取りながらも同調せず、合わせながらも離れ、自ら創造する。こういうことが真の自由なのである。

上に立つ人は女子と小人を見抜く眼力が必要だ。

（'17・3・29）

トップは象徴か？

江戸時代の政治のトップといえば将軍である。しかし最初のころはともかく、将軍は次第に権威の象徴となり、政治の実権は老中が握るようになる。歴史学に田沼時代という表現があるが、まさに老中が時代を作っていたことを示している。天皇も将軍も象徴。二人もの象徴にお金を使っていたということだ。もったいない。

どうやら最近まで、東京都知事も象徴化していたようだ。トップが「一任していた」という場合はふつう、会議や交渉に代理で出てもらうだけのことで、当然、報告を受け、協議し、プロセスを共有することを意味する。しかしたまに、まともな報告ができない部下もいる。その場合トップはどう思うかというと、報告能力を欠いているとみなし、他のルートで情報を集める。このケースでは、報告を受けていなくとも理解し記憶している。逆のケースもある。「この人に報告してもしようがない」と部下が思う場合だ。それはトップに理解力や判断力や意欲が無いとみなし、権威の象徴や広告塔としてしか使いようがない、と見切った場合である。都庁は長らくそうなっていたのではないだろうか。いかなる是非があろうと、実際に働く人が知事になったことは、都民にとって幸甚だ。

ちなみに、トップには決断力が必要だというが、ハンコを押すだけなら誰にでもできる。重要なのは、その組織が向かうべき方向をトップが思想としてもち、それを世界の状況や多様な意見とのあいだで常にすりあわせて判断することだ。「覚えていません」というのは、その苦労をせず、課題を理解できず、関心すらもたなかったからであろう。

しかし、すべてに関心と判断力を持続できるだろうか？　石原慎太郎元都知事の百条委員会陳述を見ながら身につまされた。ありがたい反面教師だ。自分の弱さを勘案して、あらゆることをメモすることにした。

（'17・4・5）

安全と安心

豊洲問題の行方は誰もが気になるところだが、その経緯の中で「安全」と「安心」についての政治家の発言を聞いた。専門家が科学的に安全だと言っているのに、安心まで求めるのは際限がないのではないか、という意見である。なるほど、と思う。しかし果たしてそうだろうか？

江戸時代はそれぞれのコミュニティーで人々が比較的安心に暮らしていた。大地震、大火、冷害、洪水など、決して安全な社会ではなく、医療も不足していたから幼児死亡率も高い。科学的な意味で安全とは言えない。しかし老後への不安がまん延しているという話はなく、組織作りによって大火への備えもしていた。何より、科学者も政治家も人々に安全を保証するなどということはなかった。安心感は安全を保証されたことで生まれるとは限らない。たとえば疱瘡《ほうそう》（天然痘）はかつて治らない病気だったが、赤色を使ったさまざまな疱瘡よけの玩具や守りが作り出され、人々は自ら安心を得た。迷信を評価しているわけではない。安心は権威による安全宣言で達成されるものではなく、人々が自ら作り上げるものなのである。

現代では、科学者が安全宣言をしさえすれば、私たちは安心できるのだろうか？　三・一一以後の日本人は、簡単に政治家や科学者の「安全」という言葉を信じる存在ではなくなっている。「科学的に安全」という言葉だけで安心を作り出すことは不可能だ。

ではどうしたらよいのか？　まず「絶対の安全」も「最良の選択」もあり得ないことを認めるべきだ。その上で、より良い選択（この問題で言えば築地と豊洲）を当事者たちがおこなうにあたって、徹底的な情報開示が必要だ。秘匿こそが安心を奪う。不安の上に作られたものの命は短い。たとえ不都合な真実であっても、利用する人々が事実に向き合うことでのみ、安心を作り出すことができる。

（'17・4・12）

強さとは何か

江戸時代に入ったとき、徳川政権は何を考えたのだろうか？　たびたび私の脳裏に浮かぶ疑問だ。東南アジア各地に広がった日本人町を放棄し、朱印船貿易もやめ、鉄砲を使わないことにした。明確な答えもある。キリシタンを先駆けとするヨーロッパの侵略と植民地化を回避するためのリスク管理だ。中国・朝鮮を敵にまわした敗戦を繰り返さないためでもある。理屈はそうだが、自らが「弱くなった」という不安に襲われることはなかったのだろうか？

これは今の日本がどうやら「強い日本」を取り戻そうとしているらしいので、それとの比較で思い浮かんでいる。強い日本とは何か？　経済が成長しているときはそういう文言が出てきていないので、恐らく経済的停滞への焦燥なのであろう。軍事に頼ることで、よろいの強さを中身の強さと錯覚できるし、軍需産業が発展すれば経済的潤いも期待できる。

強さとは、金か力かどちらかしかない、というマッチョな思想である。

そしてたぶん徳川政権はそう考えなかった。ではどうしたのか。当面処理できそうもないリスクは回避する。制御できそうもない武器は作らない。大切なのは持続的な産業なので、田畑を荒らすような戦争が起こらないようにする。無駄遣いをしない節約も大切だ。産業は人が支えるので勤勉は奨励する。ただし当時は夜になるとそうは働けない。生産品は国内を縦横に動けるようにする。海外情報は技術情報も含めて積極的に獲得する。そして幕府は、市場の活性化を、見て見ぬふりをする。

強さとは何か？　人の強さとは何が起きても全体を俯瞰《ふかん》する視野を見失わず、自らの可能性と限界を知り感情を整理でき、攻撃することを通してではなく耳を傾けることを通して、最適な言動をとれる柔軟性だろう。では国の強さとは？　私は人の強さと同じだと思うが、それを各人が考えるべき時代となったようだ。


（'17・4・19）

明治一五〇年の「時間」

二〇一八年は明治時代開始から一五〇年となり、政府はさまざまな企画を立てるようだ。明治時代は江戸時代を否定して始まったわけだから、私も無関心ではいられない。この機会に、その「功」と「罪」を考えていこうと思う。

現代の大学の多くは明治時代に建学されている。法政大学も一八八〇年つまり明治一三年に「東京法学社」という法律学校として始まった。自由民権運動が盛んだったころである。明治時代はフランスの法学などから人権思想や平等の考え方が入り、人は誰もがその身体や財産を保持する権利と、政治に参加する権利を持つことや、権利を侵されれば法律によって主張できることを学んだ。

しかし一方でその自由民権思想は、アジアへの植民地拡大を狙った戦争と、そのための軍事国家への統一によって弱まっていく。私たちがこの機会に思い出さねばならないのは、その両面だ。

「国」の単位で言えば、江戸時代までの多様な藩で構成される国の姿は、中央集権国家になっていく。その核にあったのは軍事と産業だった。どちらも「進化」「進歩」「拡大」を目指した。そこには時間についての考え方の変化があった。四季の「循環」が、永遠に未来に延びる直線の時間に転換したのである。

文化人類学者の辻信一が書いた「マイナーとしての『小ささ』と『遅さ』」という論文を読んでいて、直線的に延びる時間感覚は、一五世紀初めの透視図法（遠近法）に由来することを知った。遠近法によって未来が自分の前方に見え、その未来を自分たちの意志によって変えることができると考え始めたという。それは生きることやその場所から切り離された、抽象的な時間概念なのである。

右肩上がりに利益を上げねばならないと考えるのは、この時間感覚による。国家の拡大増進に走った一五〇年は日本の良さを失う一五〇年でもあった。

（’17・4・26）

水族館劇場

誰かの夢の中に、あるいは自分の過去の夢の中に迷い込んだようだった。つい先日、新宿・花園神社にしつらえられたテント劇場で、「この世のような夢・全」という芝居を見た時のことだ。劇団は水族館劇場。バラックの建つ戦後日本と喧噪《けんそう》に満ちた一九六〇年代の新宿が現代と層を成し、見上げれば空中には飛行機が、下を見れば舞台には実際の水面がその下の世界を感じさせ、見ているというより、その世界にすっぽり入り込む。物語も過去と今を往還する。まさに夢見の時空感覚である。

水族館劇場は八七年に筑豊の炭鉱住宅跡地で活動を始め、八九年には法政大学キャンパス内でも公演した。作品のほとんどは桃山邑氏の作・演出による。水を大量に使い空中を縦横に動くなど、ほぼ江戸時代の歌舞伎である。

歌舞伎には花道がある。時には二本使う。舞台は回り、建物はせり上がり崩れ、役者は地面や壁から出たり入ったり。江戸時代では本物の水を使い、客席に橋を渡し、役者はつり下げられて空中でも演技をした。観客席は海や川に見立てられ、観客の中から役者が現れることもある。

歌舞伎とは「鑑賞する」ものではなく、その世界に入り込んで、ともにその世界を生きる「悪所」だった。しかも官許の大劇場だけでなく無数の小芝居があり、大道芸人、旅芸人も躍動する。芸人たちは両国橋のたもとや浅草寺裏や花園神社などに出没した。水族館劇場は、江戸から六〇年代前衛演劇までの芸能の明暗の歴史を思い出させてくれたのである。

芸能といえば三重県津市に芸濃町という町がある。そこで生まれ育った作家の伊藤裕作氏が桃山氏と一緒に活動している。伊藤氏は法政大学の国際日本学インスティテュート(大学院)出身で、芸濃町でこの公演を成功させた。江戸の内と外を行き来する旅の芸能。その縁でこの夢の空間に入り込むことができた。

('17・5・10)

人権の重さ

「スノーデン　日本への警告」という本が出版されている。エドワード・スノーデン氏が、大量監視とそれについてのリークは、日本にどのような関わりがあるのか、日本人に向けて語った講演録およびそれをめぐるシンポジウムをまとめたものだ。特定秘密保護法はすでに成立している。さらにテロ等準備罪が審議中の今、そこで語られていることは極めて重要なメッセージである。

「なぜプライバシーが守られねばならないか」「情報開示と情報秘匿のバランスはどうあるべきか」「民主主義社会を実現するには何が必要か」など、普遍的な問題への考えが明確に述べられている。

江戸時代には「プライバシー」の概念がない。壁に耳、障子に目があるのは当たり前で、家族やコミュニティーが個々の考えや生き方を受け入れ合うのであれば、プライバシーについて思い悩む必要がなかった。しかし江戸時代の庶民には選挙権も被選挙権もなかった。民主主義の実現に責任を負ってはいなかった。国際社会における日本のありかたに責務を感じる必要もなく、戦争のお先棒をかつぐ可能性もなかった。現代では、個々の人間が社会や世界に負っている責任は、江戸時代と比較にならないほど重い。その重さは人権の重さである。責任と人権は表裏一体だ。

スノーデン氏の思想の根本は、人権と民主主義の実現である。彼は、プライバシーとはひとりひとりの人間そのものであり、自分であるための権利であると言う。他人の判断や偏見から自分を守り、自分のことを誰に伝えるかを決める権利でもある、と。プライバシーは、報道機関が情報源を守ることにもつながり、それは報道の自由の根本でもある。

報道はなぜ自由でなければならないのか。民主主義社会では、市民が政府を熟知し、政府に法律を順守させねばならないからだ。民主主義の崩壊をどう防ぐのか？　考えさせられる。

（'17・5・17）

「もうひとつの国」への夢想

今年の四月、「吉里吉里忌」に招かれて「井上ひさしと江戸」という講演をおこなった。考えこんだのは「吉里吉里国」の可能性である。日本の中に異なる法律や考え方の国がもしあったら？　いや、できることなら作りたい。今の日本はいやだ。そういう感覚は、実は日本の歴史のなかにたびたび見受けられる。

必要があって「夜明け前」を再読していたら、「ここにもあったか」と思った。主人公青山半蔵は明治維新で日本という国が直《なお》きすこやかな人々に満ちあふれ「万民の心のなせるわざ」が広まっていくはずだと希望を持っていた。しかし木曾の山の九〇％が官有地になり、それまで山に頼って生きていた人々が山に入れなくなるなどさまざまな予想外のことが起こる。「御一新がこんなことでいいのか」「国家の事業は窮屈な官業に混同され」官僚の国になった、と思えた。今日の地方衰退は、この延長線上にもたらされたのではないだろうか？

吉里吉里国は高い食料自給率、高度な医療、独自の言葉をもって独立する。一九六四年に原形が放送劇となったが、東京オリンピックの気風の中で批判が集まったという。井上ひさしは左翼とされる。青山半蔵は平田鉄胤《かねたね》の弟子で古代復帰を夢見ていたから右翼と言う人がいる。そういう分類はもう無意味だ。これからの日本を創造的に思い描けるかどうかが、未来を切りひらいていく鍵になる。江戸時代の国学者たちは明らかにそういう人たちだった。

しかし国学者だけではなかった。石牟礼道子の「春の城」は、島原天草一揆を起こした切支丹たちを書いた歴史小説である。重税を課し内面（信仰）への干渉をおこなう苛政に対して、切支丹たちは「アニマ（魂）の国」を対峙《たいじ》した。これら「もうひとつの国」の共通点は、「戦い合う場所」ではなく「他者と支え合う場所」という点である。

（'17・5・24）

寒い夏

夏を迎える。暑いのは大好きなのだが、夏が近づくと毎年、ある恐怖感に襲われる。建物の中が寒いことである。先日、文部科学省で長時間の会議があり、体全体が冷えてしまった。「少し冷房の温度を上げてくれませんか?」とお願いして少々改善したが、すでに全身にまわった冷えは、消えることがなかった。いえいえ決して、ちかごろの問題をからめた「皮肉」などではありません。

夏になると江戸時代が懐かしくなる。空調機がない。そのかわり、長屋でも表と裏を開け放して風通しをよくする。大きな家では中庭を作り、道にはたびたび水をまいて温度を下げる。そもそもアスファルトではない。江戸中に川や運河や池があり、風を涼しくしてくれる。法政大学はいま改築中だが、終了すれば、外濠《そとぼり》の水と靖国通りとのあいだの風の道が出現する。そういう工夫が必要なのだ。

冷房は熱中症対策だと言われる。しかし冷房がもたらす寒さは気候の寒さと質が異なる。暑い東京から札幌に出張した。温度は東京の冷房温度より低いはずだが、体が冷えたりはしないのである。冷房の冷たい風は、いくら衣類で防衛してても全身をなめるように体温を奪っていく。その感覚は特有のものだ。

「テロ等準備罪」を新設する法案が衆院で可決された。憲法改正に向かい、さまざまな布石が打たれるだろう。高齢者の社会保障を今の仕組みにしたまま防衛費も増やし、高等教育の無償化もするのか？　昨年九月に日本政府の総債務残高が一〇六二兆円を超した。その数字を思い浮かべると、憲法問題は経済問題だと思えてくる。やはり今年の夏は、少々背筋が寒い。

折しも、都心の大学の学部学科新設や定員増は認めるべきではないという地方創生のための大学改革案が出た。それで本当に地方が活性化されれば日本全体が暖かくなって結構だが、締めつけで、日本は暖かくなるのか？

（'17・5・31）

女たちの一揆

札幌で行われたWANのシンポジウムに会員として参加した。WANとは、上野千鶴子さんが理事長を務めるWomen's Action Networkのことである。

二〇一四年に教員たちと一緒に作った「そろそろ『社会運動』の話をしよう」（明石書店）という本がある。社会学部の講義「社会を変えるための実践論」をまとめたものだ。副題に「他人ゴトから自分ゴトへ」とあるが、WANはこれを「〝自分ゴト〟から始まる社会づくり」と逆にした。まさにこの本には、その両方が含まれている。

講義では教員たちが、自らの研究だけでなく、子供や家族や学生たちが突き当たった問題をきっかけに、自らが運動に関わることになった過程を話した。私は自分自身が学生運動に関わった動機と、江戸時代の一揆の具体的方法について話した。問題に突き当たったときよく陥るのが、「自分が悪いのだろう」「私だけ我慢すれば済む」「面倒だからいいや」という心情だろう。しかし、困っているのは自分だけではない。そこで原因を突き止めることが必要となる。つまり、「自分ゴト」は社会の課題として捉え、「他人ゴト」は自分も見舞われる問題として考える。シンポジウムに参加して驚いた。多くの若い女性たちが見事に、その双方向を実現しているのである。

シンポジウムでは、コミュニティ・オーガナイジング・ジャパンの代表理事やChange.org広報担当、学生ユニオンのメンバーなど、さまざまな運動を担っている若い女性たちが登壇した。たとえばChange.orgは私の日常的な署名活動の場になっている。課題を明確にして署名を集め、それをふさわしい人に渡すという方法は、いわばインターネットによる一揆だ。ただし江戸時代と違って首謀者が罪に問われたりはしない。テロ等準備罪がもしこれらの運動への圧力になれば、民主主義を放棄して将軍の国に戻ることになる。

（'17・6・7）

阿波の箱まわし

わけあって徳島市の芝原に「箱まわし」の調査に行った。箱に人形を数体入れて、門付けしながら玄関先で人形を動かし、正月を祝う行事である。人形は三番叟《さんばそう》とえびす。「三番叟まわし」と呼ぶ。

江戸時代では「えびすまわし」という名称で「人倫訓蒙図彙《じんりんきんもうずい》」（一六九〇年）に見える。首から提げた大きな箱に三番叟が入っている。寛永年間（一六二四〜四五年）の「江戸図屏風」の箱まわしは、店先で二人の人物が翁媼《おきなおうな》や男女の人形を動かしている。こちらは何らかの物語を見せているのかもしれない。

「阿波木偶《でこ》箱まわし保存会」では、予祝としての三番叟まわしと演目をもった箱まわしの両方を、女性二人で継承している。文楽は劇場でおこなうが、箱まわしは移動の芸能だ。近代では江戸時代より人形が大きく、箱から出してまわす。門付け先は一〇〇〇軒を超え、各地の講演や公演にひっぱりだこなので、継承者のお二人は仕事をやめて専従しておられる。

地域衰退、少子高齢化の時代のこのにぎわいに私は驚いた。門付けは都市化とともに消滅する一方かと思っていたのだ。門付け先の増加には理由があった。ひとつは、毎年お迎えしていた三番叟まわしの芸人がいなくなり、あきらめていたという事情である。需要が少なくなったのではなく供給が少なくなったのだ。継承者が現れて再び迎えたのである。もうひとつは、祈りの力である。えびす人形は一年の無病息災を祈り、踊り終わると門付け先のかたの具合の悪いところをなでる。手を合わせて懸命に祈るかたもいる。かつて人形は、祈りによって力を授けてくれるものだったのだ。世の中にそういう存在がなくなった時、再び祈りの時空を求めるのかもしれない。

人の心を受け止めてきたさまざまな職能や人間関係がなくなり、心身の医療に頼るようになった。もう一度足もとを見直してみたい、と思った。

（'17・6・14）

医より養生

「ながら体操」が流行しているという。発案者の方がそれを始めたきっかけが、江戸時代に書かれた貝原益軒の「養生訓」だったと聞いた。確かに「身体は日々少しづつ労動すべし」とある。それに続けて、食事の後は外をゆっくり歩く、雨なら家の中を何度も歩くなど、日々運動すれば医療を用いず病気を防げる、と書いてある。今まで「養生訓」が振り返られなかったのは、医療や薬やダイエットが大きな市場になっていたからだろう。

しかし社会保障費が膨れあがることで子供や若者の貧困が問題になるこれから、いよいよその比率を変えねばならなくなっている。貝原益軒は、養生をしないで医療や薬に頼ることは、「国を治むるに徳を用ひず」「臣民うらみそむきて、乱をおこすをしづめんとて、兵を用ひてたたかふが如《ごと》し」と言っている。徳の無い政治にたとえ、結果的に反乱や戦争が起こってから鎮めるのは無駄で「百たび戦つて百たびかつとも、たつとぶにたらず」とまで書く。病気になってから治療するのは、戦争を回避する努力をせずに、戦争になってから戦うのと同じで、きりなく戦い続けることになり、それは良いこととは思えない、ということだ。ここに江戸時代の医療に対する考え方とともに、戦争についての考え方もうかがえる。

養生や循環を大切にする江戸時代の価値観は、ものを買わなくなる可能性をもっている。「薬をのまずしておのづからいゆる病多し」と、薬を疑問視している。「おもひを少なくして神を養ひ、慾を少なくして精を養ひ、飲食を少なくして胃を養ひ、言を少なくして気を養ふべし。これ養生の四寡なり」と、何事も少なくせよという。それでも、江戸時代のものづくりと商品流通は盛んだった。少量でも質が高く、循環市場が存在したのだ。何よりも養生で医療医薬費を低減することから始めることが、今は必要だ。

（'17・6・21）

乱は起きていなかった

江戸時代に慶安の変という事件があった。慶安四（一六五一）年の由井正雪を中心とする事件である。そこでこれを「由井正雪の乱」とも言うが、実際には起きていないので、「乱」では誤解を招く。

なぜ乱が起きなかったかと言えば、幕府の火薬庫の爆破や放火、混乱に乗じた幕府権力の収奪といった大規模な計画だけに、スパイによって情報が漏れたのである。

私はテロ等準備罪の成立でこの事件を思い出した。江戸幕府の政権確立期であった。多くの大名が改易となり武士の失業者があふれ、格差社会となっていた。学者であった由井正雪はそういう社会をなんとかしなければならないと考え、幕府への仕官を断って学問の塾を開いていたのである。学問の塾がいつどのようにテロ集団に変わったか、中にいる者でなければわからなかったろう。

テロ等準備罪が成立したからには、多くの真面目な警察官たちが、兆候を見逃すまいと懸命に働くであろう。これは、と思ったところには人を送り込んで情報を獲得するだろう。監視カメラ、メールの傍受、電話の盗聴も「必要だから」と認められるであろう。

民主主義国家では、市民が政府を見張り、熟知し、選挙行動につなげていかねばならない。しかし逆のことが起こるであろう。ジャーナリストは政府が見えなくなり、政府は警察の手を借りて、市民のさまざまな動きをチェックするようになる。「一般の人には関係ない」という理念で作られた法律でも、実際に取り締まる現場を想像すれば容易にわかることだ。

江戸時代では鬼平のような「火付盗賊改」も犯罪の計画段階で捕らえることができた。むろん冤罪《えんざい》が起こる。現代はそれを許さない社会になったはずだった。民主主義国家の市民であろうとするなら、政府のご意向をそんたくすることなく、今後は一層、政府のおこないを監視、熟知しなければならない。

（'17・6・28）

ダイバーシティ

二〇一五年、国立大学に通う性的少数者（LGBTなど）の大学院生が友人による「アウティング」に深く傷つけられ、自殺した事件があった。アウティングとは、本人が公にしていない性的指向や性同一性などの秘密を暴露する行動のことである。私もこの事件に衝撃を受けた。大学は多様性に価値を置くところだ。学生たちが出てゆく世の中が世界規模で多様な社会となっているからであり、異なる価値観に耳を傾け理解し、自らを説明する能力を、大学は育てねばならないからである。

ちょうどそのとき、法政大学でも「ダイバーシティ化委員会」を設置しており、ダイバーシティ宣言を出すことになった。そこでは「性別、年齢、国籍、人種、民族、文化、宗教、障がい、性的少数者であることなどを理由とする差別がないことはもとより、これらの相違を個性として尊重することです。そして、これらの相違を多様性として受容し、互いの立場や生き方、感じ方、考え方に耳を傾け、理解を深め合うことです」と宣言した。このように伝えなければ、まだ日本社会は「普通」以外のありかたを差別しがちなのである。

江戸時代、ＬＧＢＴの存在は自然なものとして受け止められていた。平賀源内をはじめ、ＬＧＢＴの人びとはそのことで差別を受けていないばかりか、自分でも全く気にしていない。井原西鶴の小説にもＬＧＢＴはよく登場する。差別する社会にいれば、自分のありかたに不安を覚え、自信を持って生きられなくなり、能力を存分に伸ばすこともままならない。いかなる差別も、人を闇に追いやる。

女子大も「女性とは何か」を定義しなければならなくなっている。津田塾大の高橋裕子学長の論文で米国の女子大の入学者の条件を知った。男性の身体を持つ男性自認の人以外は全て受け入れることを詳細に伝えている。女性活躍というが、実は男と女は明確に区別できないのである。

（'17・7・5）

リードする人

リーダーとはリードする人のことである。つまり理想をもって、その方向に「導く」人だ。自分の考えを押しつける人でも、権力を自分や自分の周辺の者たちのために使う人でもない。

徳川家康がどういう人物であったか、諸説あって事実にはなかなかたどり着けない。しかし諸説には傾向がある。それは「急がないこと」と「待つこと」だ。「鳴かぬなら鳴くまで待とうホトトギス」は実際に言ったことではなく例えである。「人の一生は重荷を負うて遠き道を行くがごとし。急ぐべからず」も偽書の中の言葉で、実際に言ったことではない。しかしこれらの言葉は家康と江戸時代の特徴を象徴している。その特徴があったからこそ、技術や文化が成熟した。

では「急がない」で「待つ」リーダーは何を待つのか？　それは、人々の納得である。

大学の中で昨今、「そのやり方は安倍政権みたい」という比喩が使われる。実施しなければならない新しい制度の提案をした後、学部長たちは教授会に持ち帰り、承認するか否かを決める。結論を出すまでの時間や討議の回数について、総長・理事が「十分」と考え、教員たちが「不十分」と感じた時、「安倍政権！」と言われてしまう。ではどれだけ時間があれば十分なのか？

時間の長さではない。リーダー（導く者）は方向を指し示し、その方向へ向かう具体的提案をする役目がある。しかしそれを実施する人々が方向や提案に納得しなければ、たとえ通したとしても進まない。であるから、リーダーが本当に導く者であるなら、批判はむしろ大事な指標になり、納得に向かって努力を続ける。

ただし、リーダーが単なる利害関係の調整役で、国内外の調整力を権力の基盤にしようと考えたり、自分のプライドが何より大切であったりするなら、待つことはできず急ぐしかないだろう。安倍政権はまことに、他山の石である。

（'17・7・12）

三方一両損の深さ

「三方一両損」は落語でおなじみだ。大工が落とした三両の小判を左官が拾い、届けるが、大工は受け取らない。言い合っているうちにお裁きということになる。大岡越前が一両を出し、四両にして両者に分ける、という話である。ちなみに、もとの「大岡政談」では畳屋と建具屋の話だ。

別のバージョンもある。「伊曾保物語」では、双方とも欲に目がくらんでいる。三貫目の銀貨を拾った者が、届ければ三分の一をもらえると聞いて返しに行くが、落とし主は「私は四貫目持っていたのだ。そこに置いて帰れ」と言うのである。「本朝桜陰比事」では、正直者のようなふりをして、実は詐欺師だった、という話になっている。

お金にかかわる話は、観点が変われば善人の話にも悪人の話にもなるのだが、注目点はそこではない。「大岡政談」で、大岡越前がまず三両を幕府の御用金とし、改めてそこから三両を出し、大岡越前が自分の一両を足して四両として事をおさめたことだ。

ここで大事なのは、大岡越前が二人を論理的あるいは法的に説得しておさめたのではなく、自然に気持ちがおさまる方向に持って行ったことである。ひとつには、大岡自身が損をした。二人もそれぞれ得をしたのではなく損をした。しかも受け取った金は誰かから奪ったり、もらう理由のなかったりする金なのではなく、所有者がいない（実際は徳川家の金だが）公金だ。そういう状況を作り出すことで、事はおさまったのである。

実は、トップが命令するのではなく、このような、主語のない「おさまる」状況を創り出すことが、日本の「和」の手法だったのではないかと思われる。だとすると、日本のリーダーに必要なのは、力で押すことでも、利益誘導でもない。ひとりひとりが生かされ、人々が自分が考え望んだこととして納得していく道を作り出すことなのである。

（'17・7・19）

椅子

私は今、デスクワークを立って行っている。ずいぶんさまざまな椅子を試したが、ぴったりこない。工学で計算した高価な椅子はあるらしいが、高い金額を払ってだめだったとなると、それも困る。高さを変えられるデスクがあり、それを使って立ったり座ったりする仕事の仕方があると聞いた。その方法を試そうと思い、まずはキーボードの下に菓子箱を置いて高くし、立って仕事をしてみると、これが調子いい。ならば立ったり座ったりしなくても立っていればよいので、高さの変わる高価な机も買わないことにした。会議では座りっぱなしだ。デスクワークで立っていれば、バランスもとれる。

座ることの困難さは、着物を着て車に乗る時にずっと感じていた。高級な車ほどシートが大きく、後ろが下がっている。おなかが折れて帯が苦しい。足が短いので膝裏が圧迫される。同様のことが新幹線のグリーン車で起こる。洋服でも同様だ。

江戸時代はもちろん正座が基本で、腰掛けることもあるが、その姿勢は正座の時と同じである。背筋が真っすぐなので背もたれは要らない。私もそのような江戸座りがもっとも楽なのである。しかし私のような江戸人が楽に座れる環境には、なかなか出合えない。そこで、今日も立っている。

江戸時代には地位を表す「何々の椅子」という表現はない。偉い人が大きな椅子に座るということがなかったからだ。とりわけ豪華な背もたれは江戸人には無縁で、どんな地位の人も背筋を伸ばして座っていた。ものにもたれるより、自らの体の方が信頼できるのである。これは自立の基本だ。

自分自身の自立した生き方より、椅子（地位）を大切にし執着する人たちが政治や産業界のトップにいる限り、この国の国民は本当の自由を謳歌《おうか》できないだろう。椅子が自分になり、それを守るために国民を犠牲にしかねないからである。

（'17・7・26）

ころも

「昔のように自由な発言もできないし好きな服も着られない。とても苦しい」と、稲田朋美前防衛相が言ったとか。その真偽は知らないが、組織の上に立つ女性にとって、服装をどうするかは考えておくべき大事な問題である。

江戸時代、町人にはファッション（流行）があった。何が粋で何がやぼかは歌舞伎を見に行けばわかった。しかし武士たちに流行はない。武士は袴《はかま》をはき二本の刀を差す。これは最低限守るべきことだった。お目見え以上の武士は長裃《かみしも》が正装だ。短い裃、上下が異なる継裃、袴と羽織の組み合わせなどさまざまあるにせよ、武士が保つべきスタイルが国の守りを象徴し、制度の維持には必要なものだった。武家の女性たちは打ち掛けが正装で、屋内では着物の裾を引きずる。働くときや外に出るときは裾をつまんで腰ひもでゆわえる。これがお端折りの起源だ。

いかなる時代であっても衣類は社会との関係で選ぶものであり、女性だからといって例外ではない。好みで着ることのできる立場や場面はごく限られる。「好きな服」はプライベートでしか着ない、と考えるべきだろう。

これは、秩序に合わせるという意味ではない。ガンジーは独立運動に向かうにあたって弁護士時代の英国スーツを脱ぎ、木綿のドーティとクルタを着た。さらにそれを脱いで手紡ぎ手織りの一枚の布を体に巻きつけた。私はこれが究極の「ころも」だと思う。好みで選んだのではなく、国と世界を俯瞰《ふかん》した上で、自らの思想を着るものに込めたのである。

私自身は持続可能性の象徴として着物を礼装と考え、着物を着られない状況ではできるだけスクールカラーを取り入れる。時と場所も考える。女性であっても基準は好き嫌いではなく、似合うかどうかでもない。なぜなら、社会的地位は自分自身のためにあるのではなく、組織と社会と理想のためにあるからだ。

（'17・8・2）

二〇四〇年の世界と大学

ちょっとおおげさなタイトルだが、このテーマで有志の国公私立大学学長総長たちが集まり議論した。この会議での私の役割は、「江戸から見る二〇四〇年」というタイトルで講演することだった。なぜ江戸か。経済が低成長でも人口が横ばいでも、海外の商品情報から独自の技術開発を行い、常に新しい商品を生み出して国内市場をまわしていたからである。これからの日本は、そのような独自のイノベーションが必要だ。

コミュニティーでは官僚や役人に頼らず消火も道普請も自分たちで行い、教育者は基本的にボランティアだった。税収が少なくなる少子高齢化社会では、国や自治体に頼れなくなる部分を市民自ら担わねばならない。モデル無き縮小社会となる日本が学ばねばならないのは、江戸時代なのである。

ところで、大きな変化が起こる「正解の無い」時代では、従来のように正解を覚えて指示を実行する能力ではなく、全体を俯瞰《ふかん》して目標を自ら定め、その管理を自分で行う能力が必要になる。そのような能力を育てる新しい教育の仕組みはすでにできつつあり、大学はスピーディーにそれを実行せねばならない。

しかし、私立大学の約四五％で入学者数が定員に達しない「定員割れ」が起きている。一方、少子化を前にして、政府は経済特区での学部新設を認め、専門職大学の創設方針を決めた。このことにより、大学や学部はさらに増える。果たして大学進学率が上がるかどうかはわからない。安倍政権の提唱する高等教育の無償化が実行されれば進学率は上がるかもしれないが、財源の確保は難しい。結局返済型になるであろう。大学の再編成は不可避に思える。

教師たちは、誰も体験したことのない極端な少子高齢化社会という課題に、能動的に取り組める柔軟な能力をいかに育てるか？　その成否がこれからの大学を分けていくことになる。

（'17・8・9）

終戦から七二年

八月一五日は、終戦から七二回目の終戦記念日だった。法政大学は初めて、終戦の日の総長メッセージを出した。三月のこの欄でも紹介したように、一月に「軍事研究や人権抑圧等人類の福祉に反する活動は、これを行わない」という指針を発表したからである。

この指針にも終戦記念日メッセージにも理由がある。大学は一九四三年一〇月、理科系など一部を除いて徴兵猶予が停止された際に、積極的に学生を戦場に送り出したのである。場所は、オリンピックのために建築が進んでいる新国立競技場、かつての神宮外苑競技場である。首相、文相、大学の総長学長たちが、大学生約二万五〇〇〇人を戦場に送り出したのだった。終戦までのあいだに、学徒出陣は約一〇万人に及んだ。

多くの大学校舎が空襲で被害を受けたが、大学は被害者であるだけでなく、教育の面でも研究の面でも、戦争の一端を担っていた。日本学術会議も大学も、その歴史を直視するからこそ、軍事研究を深刻に考えている。

ところで江戸草創期最後の戦争は一六一五年の大坂夏の陣だった。その七二年後の一六八七年、生類憐《あわ》れみの令が出されている。命を大切にする価値観が出現し、太平の世はしっかり根付いていた。次の年からは元禄となり、西鶴の小説や近松浄瑠璃など上方を中心とする江戸時代の文化は隆盛期を迎える。流通も盛んになり、市場も活性化した。それからさらに一八〇年、太平の江戸時代は続いた。

戦後七二年の今日から後は、滑り台を下るように少子高齢化がやってくる。江戸時代のような長い平和とソフトランディングを、私たちは創造できるのだろうか？　江戸時代ではこのころ、規制緩和どころか厳密な貿易管理を開始し、高度な技術による国産化を進めていった。たとえ厳しい道であっても、綿密な計画と実施こそが、戦後の終えんと長い平和を実現するのではないか。


（'17・8・16）

オリパラに思う

オリンピック・パラリンピックについてインタビューを受けた。私は東日本大震災とくに福島の復興が終わらないうちに巨額な費用を使うのは賛成できなかった。しかしオリンピックは決まり、私は東京にある大学の総長として、学生のオリンピック出場やボランティア参加を推進する立場になった。こういうときはどうするか？

インタビューは開会式・閉会式について述べるものだった。私はごく自然に、一九六四年の開会式を思い出していた。一二歳の私は二つのことを感じた。一つは、赤いブレザーで行進する日本選手団のまぶしさに、「自分とは無関係の世界だ」と思ったこと。もう一つは、一人二人しか選手を連れて来られなかった貧しい国々の参加に心を動かされたことである。今度も同じことを感じる子供たちが世界中にいるに違いない。

輝かしさを装うのではなく、復興半ばで未曾有の少子高齢化に向かう日本の困難を率直

らない《ママ》のではないか――。

に語れないだろうか？　多様な自然と産業をもった日本の地域の素晴らしさを知ってもらえないだろうか？　今の東京だけでなく、失ってしまった江戸という水都の美しさを見せられないだろうか？　オリパラに違和感を感じる人々の声を開閉会式にも反映させられないだろうか？　そのような話をしたが、全ては記事にならずオリンピック反対派の方から抗議の手紙まで来た。

　立場上推進しなければならないことを怠って個人的信条だけを述べる放送局の会長がいたが、それでよいとは思わない。オリンピック・パラリンピックについて言えば、大小を問わず、宗教も信条も異なるあらゆる国が集まることや、学生たちがパラリンピックから真のダイバーシティー（多様性）を学ぶことを期待している。懸念が多い事柄が実施されると決まったとき、すべきことは背を向けることではなく、少しでもそれが良い役割を果たすよう、最後まで努力することだろう。

（'17・8・23）

高齢者の心得

高齢者だから言えることがある。二〇一七年度当初予算の社会保障費の割合は約三三%。その八割がたは年金、医療、介護に使われる。つまり高齢者がかなりの国費を使っているのだ。若者の教育費と科学振興費はたった五・五%だ。

経済産業省の次官と若手が今年五月に「不安な個人、立ちすくむ国家―モデル無き時代をどう前向きに生き抜くか」という提言を出した。世界で初めて極端な少子高齢化に突入する日本では、国家予算の配分があまりに偏り、彼らは未来に危機感を抱いている。

この提言は価値観と発想の転換を促している。高齢者の状況はさまざまだが、年齢で一律に高齢者＝弱者として扱い、際限なく医療、介護、年金等に富をつぎ込んでいる。一方でひとり親家庭の貧困率は五〇%を超え、経済協力開発機構（ＯＥＣＤ）諸国のなかで最悪だ。この環境にある子供たちは高等教育を受けられない可能性がある。

その事実をふまえ、子供や教育に最優先で投資することを提言している。質の高い教育を受けることは、収入、犯罪率の低さ、健康などの面で社会資本に貢献することがはっきりしている。子供の生活の安定と教育機会の保障は、未来社会を決定するのだ。

そこで高齢者となった私は、いくつか決めている。まず可能な限り働き続ける。ぜいたくを言わなければ仕事はあらゆるところにある。江戸時代、人口の八割を占める農家の人々は何歳になっても仕事があった。都会でも子供の世話や教育、コミュニティーの面倒をみる高齢者が多く見られた。次に、できるだけ病院に行かず自己管理する。江戸時代ではそもそも医療機関が少なかったので養生が重んじられた。年金制度はなかったが、若い頃に働いた余剰を始末倹約して「家産」として蓄積し、そこから隠居料が分割された。

自らを弱者としてではなく、若年者を育てる者と考えることから、始めたい。

（'17・8・30）

現場

一九四四年のインパール作戦は無謀な作戦の代名詞としてつとに知られている。そこで今年の終戦記念日に放送されたNHKスペシャル「戦慄《せんりつ》の記録　インパール」を見た。この番組は、イギリスで発見された映像資料と一七人の日本人からの聞き取り調書をもとに作られていた。作戦の無謀さだけではない、今でも考えねばならない重要な問題を含んでいると思えた。

問題の根幹は、大本営や陸軍上層部、そして司令官の中にある現場の人間（この場合は兵士）の軽視である。首相は「戦況悪化を打開するためにビルマで一旗揚げてほしい」と言い、司令官は「首相と大本営の希望だから」と兵士にそれを命じ、補給が不可能だと反対した人物は更迭した。上層部や司令官同士の組織内そんたくと人間関係が優先された。果ては、味方の兵を五〇〇〇人殺せば陣地が取れる、と言ったという。

戦う相手であったイギリス軍は航空機で食料を補給し続けたが、日本軍上層部はそれをせず、司令部で祝詞を上げていた。自分のために勝つことに執着し、現場で何が起こっているか知ろうとせず、都合の良い楽観を持ち続けた。人事も独断で決め、データや事実に基づく議論もしなかった。

戦時だから、とも思えない。競争に勝たせ、それを自分の名誉にしようとするリーダーたちは、上に向かってはそんたくし、部下たちを自己責任に追い込み、過剰に働くよう仕向ける。部下の犠牲が自分の勝利なのだ。

江戸時代の企業体（店）は家族経営であったから現場が見えた。勝敗ではなく持続が価値なので、働き手は何よりも大切だったろう。

企業をはじめさまざまな日本の組織が世界競争に入った今、上に立つ者が最も心を砕かなければならないのは、現場で働く人々である。組織や国家は一人一人が可能な限り幸福に生きるためにある。個人が組織や国家のために存在するのではない。

（'17・9・6）

性別の無い世界

介護を必要としないシニア向けマンションが増えている。シングルの方も多い。そこに暮らす知人の話では、暇をもてあますとうわさ話に花を咲かせる人が出てくるという。その話の中心は男女関係だ。A男さんとB子さんは仲が良い。しかし近ごろA男さんはC子さんとよく食事に行く。B子さんは大丈夫なのだろうか等々。

たわいの無い話ではあるが、現実の社会のありようとかけ離れていることが気になる。世界は「男女」の区別を超え始めているのだ。性的少数者（LGBTなど）は知られてきた。まだ特殊な人々と考える向きが多いが、特殊ではない。「ダイバーシティ」という題名でこのコラムでも書いたことがあるが、江戸時代では正常なありかたとして認知されていた。

武家や商家では家の継続が重要な課題だったので基本的には結婚したが、結婚は恋愛の延長ではなく組織を維持するための仕事のようなものだった。恋愛結婚は「浮気な結婚」と懸念された。結婚しても子供ができない場合もあり、その事態には養子で対応した。家を継がなくてよい人たちが独身でいることもまれではなかった。

江戸時代にも現代にもLGBTはありふれている。そのほかにも性に無関心なAセクシュアルという生き方もある。うわさされて困惑していた知人は無関心タイプだった。同性結婚が認められる時代に、男と女が一緒にいると性愛関係だと思い込む考え方そのものが、もはや現実とずれている。

高齢者が増えてくる時代だ。性別から解放されてはいかがだろうか。その方がストレスの無い楽しい人間関係を築いていける。まずは男女が一緒にいても友人だと考え、自分も性別にこだわらず友人を作ることから始めたらどうだろう。他人のうわさをするほど暇をつくらず、改めて仕事に就いたり学校に入ったり社会に貢献したりすることで、社会に開かれることも大事だ。

（'17・9・13）

真ん中の人々

一七一五年、大坂竹本座で「国性爺合戦」が初演された。それから一七カ月にわたるロングランは浄瑠璃史上初めてだった。主人公の名は和藤内。和人すなわち日本人でも、唐（藤）人すなわち中国人でもない一人の個人として登場したこの人物は、満州民族によって清王朝が打ち立てられた中国から逃れ、台湾で漢民族の明王朝を復興しようとした実在の人物、鄭成功（国姓爺）がモデルだ。鄭成功は日中のバイリンガルで、日本人の母をもつ「真ん中の人」だった。

「真ん中の人」とは、今年の芥川賞候補になった法政大出身の温又柔の小説「真ん中の子どもたち」から得た言葉である。台湾、日本、中国の複数の親や先祖をもった若者たちが、言葉を巡ってアイデンティティーを模索し続ける小説である。それを読みながら、古代から今日に至るまで、日本には多くの「真ん中の人」がいて日本文化を担ってきたことを思い出した。さらにハンガリー人の作家アゴタ・クリストフを思い起こした。ハンガリー動乱のときにスイスに脱出してスイスの工場で働きながらフランス語を学び、フランス語で作家活動をした人である。読み、書くことが人生のよりどころであったクリストフは、一言も分からないところからフランス語で読み書きを成し遂げる。世界中に、そういう真ん中の人々が生きている。

昨年度博士号を得て卒業していった私の学生は、英語と日本語のバイリンガルで、研究テーマは「オキナワン」だった。オキナワンとは沖縄からハワイに移住した人々のことで、日本本土からの移住者に差別されながらも独自の産業と文化を持ち続けて今に至る。彼女は沖縄人、ハワイ人、日本人の真ん中の人として、「アイデンティティーがどのように形成されるか」を研究している。

真ん中の人々の複数視点、想像力、思考力、言語意識の強さは、これからの日本や世界が必要とする能力と個性である。

（'17・9・20）

落とし穴か隠れみのか

近松門左衛門の浄瑠璃に「鑓《やり》の権三《ごんざ》重帷子《かさねかたびら》」という作品がある。娘の婿になると約束させせて門外不出の茶の湯の巻物を見せる。ところがその男は別の女性と結婚の約束をしていた。それを知った母親は嫉妬のあまり男の帯を引き解いて庭に投げ捨て、自分の帯は男が怒って投げ捨てる。これを不義の証拠とされて夫に殺されるのである。裏には、二人を陥れようという狙いが潜んでいた。

家を継承しなければならない武士階級においては、不義は一族の命運を左右する。そこで、一家の主人は妻が不義をすれば討たねばならない。恋人でも、未婚の男女が通じた場合も密通とされた。つまり江戸時代において不義は家族の問題である。社会問題ではない。家族制度が深刻ではない町人のあいだでは、適当な金銭のやりとりで示談となった。

今の社会ではどうだろう? 経済産業省のデータによると、一九五〇年代生まれでは

「結婚して出産して添い遂げる」という生き方をする女性が八一%だったが、八〇年代生まれでは、五八%まで下がっている。子供がいない女性は五%だったが一三%に増え、未婚の女性も七%から一九%に増えている。もはや家族の継承は社会の問題ではなく個人の問題となった。にもかかわらずなぜ不倫報道は過熱するのか?

朝日新聞によると、民放在京キー局の不倫報道の時間は、二〇一四、一五年に三〇時間未満だったものが一六年には一七〇時間となり、今年は八月二七日ですでに一二〇時間を記録した。その一方で不倫慰謝料の相場は下がっているという。政治家がその立場を追われるほどの問題かどうか、私たちはその軽重を考えなくてはならない。

不倫報道が過熱すると私は西山事件を思い出す。沖縄密約という重大問題が、不倫騒ぎで隠されうやむやになったのだ。今の過熱は落とし穴か、それとも何かを隠す隠れみのなのか?

('17・9・27)

失敗を振り返る

九月一八日に、北海道新聞主催のフォーラムに出演した。ノンフィクション作家の保阪正康さんが、東大名誉教授の姜尚中さんとともに、札幌で続けている歴史から学ぶシリーズだ。

この日、保阪さんは、昭和史を複眼的に見ること、とりわけその誤りに注目することで、今日の行政による司法・立法支配の危うさに気づくことが重要だと述べた。歴史から今の危機を警告することが、確かに今の日本には必要なのである。

一方、姜さんは、明治以来の中央集権と人口集中の問題から、現代社会がいま地方に注目しなければ日本全体が危うい、と述べた。少子高齢社会は、地方衰退によって加速し、深刻化するのである。

私は、江戸時代が一六一五年の大坂夏の陣を最後に内戦も外国との戦争も押しとどめ、二五二年間の平和を保ったことを述べた。しかしそれは江戸時代を称賛するためではない。平和学のヨハン・ガルトゥングさんは江戸時代について、戦争は起きていないが差別、抑圧などの構造的暴力が存在する時代つまり「消極的平和」の時代であるとしている。この対極には戦争がないのはもちろんのこと、貧困、差別、環境破壊などの構造的暴力を乗り越えた「積極的平和」という状況が想定されている。これは、消極的平和しかなしえなかった江戸時代の失敗である。

また江戸時代は持続可能な循環社会そのものだったので、「持続可能社会」という目標はなかった。今はこの目標が必須だが、しかしこれも単独ではいられない。国連は「持続可能な開発目標（SDGs）」で、環境だけではなく貧困、教育、平等など一七にわたる目標を掲げている。気候変動や戦争によって難民や貧困、差別が広がり、世界のほころびと目標が増えているのである。

どんな時代も複眼的に見ることで、歴史上の失敗を検証する必要がありそうだ。

（'17・10・4）

読書

前回書いた北海道新聞のフォーラムで、保阪正康さんがトランプ大統領やプーチン大統領、安倍晋三首相などを次々に挙げて、読書をしているかどうかユーモラスに「判定」したのが、とても受けた。読書がいかにその人の深さ浅さに影響を及ぼすか、改めて気がついた。

しかしその後、聴衆に言われた。「あまり読まない者がどうすれば読書を日常化できるか、それを教えてほしかった」と。確かにそのとおりである。

江戸時代は日本で初めて出版社が生まれ、京都、大坂、江戸で年々出版が盛んになった。印刷技術も高くなり、カラー刷りの本も珍しくなかった。ものの本屋と絵草紙屋に分かれていて、後者は浮世絵や絵入りの本が中心、前者は文字の本が中心だった。主に正月に新刊書が出され、正月は本屋がにぎわった。貸本屋も正月は新刊書を背中に担いで家々をまわった。

　江戸時代はなぜ読書人口が増加したのだろうか？　ひとつは、家や村を訪れてくる貸本屋である。貸本屋が小売店の役割をしており、彼らが客に本を薦めたり、予約をとったり、売ってもいたのである。ものの本屋でも、客に新刊書の説明をして薦めていた。本と読者の間に良き対話者がいたのだ。

　もうひとつの理由は、俳諧や義太夫や役者の物まねなど、人々が熱中する芸ごとを助ける本が出ていたことである。俳諧や狂歌を楽しむには知識が必要で、識字率が高かった江戸時代では、上達するために本を読んだ。本の評判記もあって、友人たちとの話題の種となった。一方、武士階級では子供の頃から声に出して読む素読が行われ、自然に記憶していった。

　思考力を高める読書をするには語り合う人や方法の伝授が必要なのだ。学校や大学は真剣に検討しなければならない。松岡正剛さんが所長を務める編集工学研究所の書評サイト「千夜千冊」やイシス編集学校は、すでに注目すべき方法を展開している。

（'17・10・11）

選挙

衆議院選挙の投開票日が迫ってきた。江戸時代の人々には選挙権がなかった。だからといって生きる上でとっても困る、ということはない。村は直接の合議で運営されていたからである。そのかわり寄り合いに出るのは家長だけだった。代議員制度とそのための選挙は、個人の人権を行使する民主主義に、欠かせない制度である。

前回、武士階級では子供の頃から本の素読をした、と書いた。その中心は「論語」の素読である。たとえばこんなのがある。「子いわく、君子は諸《これ》を己に求む。小人は諸を人に求む」。何かが起こっても、君子はその責任が自分にあるのではないかと考えるが、小人は常に他人のせいにする、という意味である。君子とは、辞書的に言えば高位高官、政治をおこなう人の意味だ。政治をおこなう人は学識・人格ともに優れた人（のはず）なので、人格者の意味もある。江戸時代では武士は政治を担う人であり、だから見識と人格を磨いた。

しかし、政治を担う人と担わない庶民（小人）とを、役割やあるべき姿で区別するのは現代にそぐわない。なぜなら、民主主義社会では、選挙権をもっている者全員が、政治を担っているからである。議員はその名のとおり代理者でしかない。「論語」に即して言えば、私たちはみな、君子でなくてはならないのだ。

君子は「諸を己に求む」。つまり選挙の結果、どういう日本になるのかは、投票者にまかされている。投票者の未来への見識、現状についての知識と思想、人を見抜くちからが、これからを作っていくのだ。

激変する時代に入っていく若者たちの将来がどうなるか。これからの選挙は目の前のことだけ考えるわけにはいかない、難しい選挙になる。君子たちは皆、考える力をつけることのできる、本来の学問が必要になっている。

（'17・10・18）

アバターの社会

ＮＨＫ・Ｅテレで先日、「自閉症アバターの世界―脳内への旅」が放送された。社会学者の池上英子さんがアメリカで、自閉スペクトラム症の人々に会って話を聞く番組である。彼らは身分を明かさず、ネット上で第二の自分（アバター）たちが集う文化を形成している。池上さんは自らもアバターを作って仮想世界で交流するようになり、やがて実際の彼らから話を聞く運びとなった。音や光や人間関係に過敏な彼らは現実世界では人との交流が難しいが、仮想世界では能動的で生き生きしている。

放送の直後、私は校友会の仕事でニューヨークに行った。世界で働く卒業生たちの組織化を支援する催しである。このときすでに、ニュースクール大学で社会学部長を務める池上さんにお目にかかる予定になっていた。

早速、「以前と同じ仕事をしておられるのですね」と申し上げた。池上さんとは初対面だったが、かつてその著書「美と礼節の絆」を書評したのだ。この本は、私が手がけた江戸時代の「連」に関連したもので、江戸時代社会では、表面からは見えない無数の小社会が形成されており、そこにさまざまな名前をもって参加する人々（つまりアバター）が活躍することで江戸文化が形成されていた事実を、社会学から検証したのである。「隠れ家」「パブリック圏」という用語でそれを説明した功績は大きい。江戸時代社会を知っているからこそ、現代のアバター社会に価値を見いだすことができたのである。

障害があるとされる人々が仮想世界で才能を開花させることができるのであれば、それは必要な社会である。さらに池上さんは、彼らを「感覚知覚のマイノリティーたち」と述べている。感覚知覚の多様性の存在によって、社会は常識とは異なる視点や思考をもつことになる。文化と社会の柔軟性にとって、それは極めて重要だ。思いもよらないところで江戸時代と現代がつながった。

（'17・10・25）

春の城

「石牟礼道子と出逢《であ》う」という催し物で話をした。島原天草一揆（一六三七〜三八年）を題材にした「春の城」が単行本化され、そこに解説を書いたご縁である。

島原天草一揆は、江戸時代の大きな転換点となった。キリシタンの反乱のように語られるのは、幕府側の見方である。実は藩の極端に過重な年貢、拷問、処刑などが原因の百姓一揆だったのだ。

差別と苦しみの中で、信仰を捨てた人々も再び戻る現象が起きた。それを「立ち返り」という。そこに天草四郎が出現する。「春の城」では、四郎を「もだえ神」として描いている。もだえ神とは、苦しむ人々に力を貸し、力になれない時は、もだえながらその苦しみを共有する魂を持った者のことだ。石牟礼道子はこの魂をとりわけ大切なものと考えている。四郎はキリストの「やつし（別の姿をとること）」に見える。キリストとは、もだえ神そのものだったのかもしれない。

原城では三万七〇〇〇人の人が一二万人の幕府軍と戦ってほぼ全滅した。これは百姓一揆の転換点となった。手続きを踏んで首謀者を守り、ひとつずつ要求を通していく、粘り強いしたたかな一揆の時代に入っていく。

島原天草一揆は、日本の外交関係も変えた。幕府軍は大砲を搭載したオランダ東インド会社の船を待機させていた。一揆勢は、ポルトガル船団の応援を交渉していたという。恐らく事実だったのだろう。この一揆の直後、幕府はポルトガル船の寄港を禁止する。参勤交代制度、朝鮮通信使、琉球使節、オランダ商館長の江戸参府など、江戸時代体制が整ったのは、このころである。

そして「キリシタン」が、秩序を乱す者を意味するようになった。過酷な政治や極度の格差への抗議が起こったとき、それを抑えるだけでは足りない。背景にある戦争や貧困の事実を、私たちは知らねばならない。

（'17・11・1）

沖縄を知ろう

法政大学には、沖縄が復帰した一九七二年に設立された沖縄文化研究所がある。沖縄県外における沖縄研究の拠点だ。台風に日本列島が襲われた一〇月二二日、大学で「東京・結・琉球フォーラム」という催し物が開かれた。翁長雄志沖縄県知事が、母校である法政大学で講演することになった。暴風雨のなか会場はほぼ満席。沖縄の声を聞こうとする方々がいかに多いか、改めて実感した。

講演が始まると、台風と選挙の中で上京してくださった理由がわかった。沖縄の現実を東京の人々にぜひ知ってもらいたい、という気迫が伝わってきたのである。

沖縄県の雇用は増え続けている。基地関連収入は今や五・七%しかなく、既に返還された土地の利用による経済効果は、返還前と比べて約二八倍に増え、雇用者数は約七二倍に伸びている。基地の返還が県経済に与えるインパクトはそれほど大きいのだ。

少子高齢化が進む中、沖縄県は人口も増えている。進学や就職で県外に出て行った人々が帰って来る傾向が高まっているという。大学進学率の統計でも、首都圏以外は減少傾向にあるのに、沖縄は年々進学率が上がっているのだ。

このような現状の中で米軍基地が及ぼしている生活への影響を、県は「沖縄から伝えたい。米軍基地の話。Q&A Book」という冊子にまとめた。県のホームページからも閲覧できる。沖縄県の外に暮らす私たちは、安全保障がどのようになされているのか、その代償にいかなる日常があるのか、知る義務がある。

目下、もっとも大きな課題は日米地位協定の改定であろう。ヘリコプターが大破炎上する事故は今度だけではない。事故や犯罪が起きても詳細は知らされず、調査する権限もない。これが自分の住まいや職場であったらどうか。想像をめぐらす必要がある。沖縄の問題は、全ての自治体の問題なのである。

（'17・11・8）

資格か信用か

江戸時代、教師も医師も免許制度がなかった。医者の看板は、もう修業は十分と自分が思ったり、師が許可したりすれば出すことができた。落語「死神」では死神の助言で医者の看板を出している。

ではどうして成り立っていたのかと言えば評判である。良い治療をする、的確な薬の配分や助言をするなど、人々が信用し尊敬するようになるとその医者は繁盛し、誤診やいいかげんさが目立つと患者は来ない。治療を誤って自らやめる医者もいる。教師も同じことだ。つまり資格ではなく質に対する信用次第で、仕事として成り立つかどうかが決まるのである。

話題になった学部の設立が認可された。昨今の定員増の禁止など、あらかじめ規制がかけられている案件でない限り、大学や学部や大学院の設置申請は自由である。設置には基準があり申請書には膨大な項目があるから、まず文部科学省に相談しながら書類を整える。申請にこぎつけると、何段階もの審査委員会で審査される。その審査には多くの大学教員が関わり、専門家だけでなく、決まった基準と広い視野からさまざまな教員が意見を述べる。是正意見や改善意見が出され、そのたびに指摘事項を直し、ただでさえ厚い書類はますます厚くなる。基本的には、誰が誰の友達であろうと関係なく、この繰り返しの中で是正、改善できれば認可が下りる。

問題は始まってからなのである。認可が下りたからといって受験者数が定員を上回るとは限らない。そのことは条件に入っていない。予想できないからだ。資格があるからといって、弁護士や会計士や医者が繁盛するとは限らないのと同じである。教員たちの努力によって素晴らしい学校になるところもあれば、有名であっても質と信頼を落とすところもある。結局、認可や資格の問題ではない。江戸時代と同じで、信頼されるだけの質を獲得し、それを保つことが第一なのだ。

（'17・11・15）

しあわせの経済

一一月一一日から一二日まで、東京で「しあわせの経済」世界フォーラムが開催された。明治学院大学の辻信一さんとスウェーデン人のヘレナ・ノーバーグ・ホッジさんが実現したのである。会場には日本各地およびイギリス、インド、韓国、中国、タイ、メキシコ、エクアドル、ブータンなどから多くの人が集まった。

「しあわせの経済」とはいったい何か。これは江戸時代の経済概念で、経済の語源となった「経世済民」つまり万民を救済するためのマネジメントに近い。現代のグローバル経済は経済の本来からずいぶん隔たってしまったのだ。私は自著「鄙《ひな》への想い」でヘレナさんの著書「ラダック　懐かしい未来」と、それを映画にした「幸せの経済学」に触れた。インド北部のラダック地方は始末倹約や循環の方法、村の互助組織など江戸時代と同じ価値観で運営されていたからである。しかしその集落をグローバル経済が覆うようになったとき、住人は自分を遅れた不幸な人間と考えるようになったのである。

グローバル化はダイバーシティー（多様性）の容認を目標にすべきだが、世界を稼ぐ場所としか見ないグローバル経済は競争と収奪になりがちだ。そこでフォーラムの趣旨は「ローカリゼーション」となった。経済の自由が人間の自由を奪ったとき、人間は生きているその場所において、人としての自由を取り戻さねばならなくなる。にもかかわらず、国の政策や戦争によって、その場所にすら、いられなくなる人々も多い。

経済が国内総生産という数字によってではなく、ひとりひとりの幸せの尺度で表現できないのであれば、経世済民までの道は遠い。

ちなみに私はこのフォーラムで、辻さんと高橋源一郎さんの始めた「雑の研究」の座談会に出た。江戸の雑俳は、権威になって固まった俳諧を笑いほぐす庶民の文芸だった。経世済民も雑の方法も今必要だ。

（'17・11・22）

日本問答

松岡正剛さんとの対談本『日本問答』(岩波書店)を刊行した。日本についての問答であり、日本に問答をふっかける、という意味でもある。

私たちはナショナリスト(国家主義者)ではない。みんなで頑張ろう、というオリンピック精神は甚だ欠けているし、運命をともにしようという共同体志向も苦手だ。日本人が何をいかなる方法で創り上げてきたのか、これから何ができるかに関心がある。

そのなかで二人が気になっていることは、「内と外」「デュアル」「述語性」「面影」などだ。たとえば江戸時代のグローバル化と現在のグローバル化を比較すると、江戸時代は外の文化を内にいったん入れ、消化吸収して別のものに変えることで内側を豊かに広げた。

しかし、近現代のグローバル化は外のものをそのまま入れ、それをスタンダードとみなして、追随することに集中している。それでは、追いかけることに疲弊するばかりである。

デュアルとは「二つの」を意味する言葉で、たとえば江戸時代では天皇と将軍、公家と武家が並び立っていて矛盾もせず、異なる相補的な文化を保存し使いこなしていた。何らかの利益に誘導するために仕掛けたデュアルスタンダードではなく、古代から漢字と仮名を共存させてきたように、この風土に暮らす人々が生きる方法としてあったのだ。

歴史についても語り合っている。その基本は「編集的歴史観」である。これは、国や分野を超えた相互感化を見抜く方法である。それが見えれば「誰が勝ったか」史観はなくなり、出来事を異なった角度から考えることになる。

今日の社会において、複数の角度から理解することほど必要なことはない。編集的日本論は、今日とこれからの社会にとって不可欠の複眼性を保証するのだ。

（'17・11・29）

夕張の挑戦

北海道夕張市の鈴木直道市長と対談した。夕張市は二〇〇七年に事実上、財政破綻した自治体だ。これから日本の自治体が迎えるかもしれない状況を先取りしている。

日本の人口は江戸時代の規模に向かいつつある。先端テクノロジー付きの江戸時代。面白そうではないか。しかし問題はそのスピードだ。江戸時代の人口は前時代からゆるやかに増え、やがて横ばいとなり、総体として安定した社会だった。グラフの横線が縦になるくらい人口が急増したのは明治以降で、今その山のピークを急落し始めている。人口急減は経験したことのない未知の領域である。

夕張市はまず返済に力を入れた。しかし「借金を計画通り返済する一方で、緊縮財政で市民サービスは低下し、人口の三割以上が流出した。現在の夕張市の六五歳以上の人口は全体の約五〇%です」と語る。財政再建一辺倒だと地域社会の崩壊につながりかねないと考えた市長は、財政再建と地域再生の両立をめざす方針を打ち出して第三者委員会を作り、市民の意見を聞いた。すると「職員の給料を上げてください」「私たちのことよりも、若い世代や子どもたちのために投資してください」という意見が出てきたという。

そこで、夕張市内にある小中高の一二年間でグローバル人材を育成する、という北海道初の取り組みに挑戦した。企業の協賛と全国の人たちの寄付で始めることができた。しかも高校では、「課題だらけの場所で課題解決を実践し、そこで得た経験や感じたことを世界に発信する教育」をおこなっている。例えば「廃線後の公共交通を考える」という課題に取り組んでもらった。すると、情報を可視化するアプリを導入することで事業者も利用者も役所も便利になる方法を発案した。まさに現場で考える実践知教育である。先んじて課題を抱えてしまった夕張市は、課題解決のフロントランナーになりつつある。

（'17・12・6）

「伝統」という言い訳

「日本国の伝統に合わない」と言ったそうだ。宮中晩さん会へ同性パートナーを伴うことに反対した、自民党の竹下亘氏の反対理由である。伝統という言葉をどう定義しているのだろう。恐らく日本文化についてほとんどご存じないにもかかわらず知っているような気分をお持ちで、伝統の定義は「私の意見に合うもの」なのだろう。

日本ほど同性愛者への偏見が無い国は珍しかった。その傾向は古代からあり、貴族、僧侶、武士の麗しき文化として継承され、江戸時代はそれが庶民に広がったわけなので、日本の伝統的な宮中晩さん会にそぐわない理由がない。

もう一つ「伝統」を盾にしている事柄がある。選択的夫婦別姓を妨げる動きだ。日本人の夫婦が同姓になったのは一八九八（明治三一）年。それまでは夫婦別姓だったので、この時も日本の伝統に合わない、と反対があった。このように「伝統に合わない」という言葉は「私の意見と違う」という意味に使われる。しかし今日のような日本に関する無知は、政治家だったら恥ずかしくはないか。しかも欧米の多くの国や州は選択的夫婦別姓となっており、主要七カ国（G7）の国々で同性カップルの法的保障がないのは今や日本だけだ。

事態はもっと深刻だ。竹下氏は発言が批判されると「言わなきゃよかった」と述べたそうだ。「自分の理解が及ばなかった」ではない。政治家が、民主主義国家の根幹にかかわる「人権」や「ダイバーシティー（多様性）」の意味を理解していないのである。

法政大はダイバーシティーを宣言し推進している。それには人権意識の深化は欠かせない。LGBTなど性的少数者が古今東西人間の普通のありかたとして定着していることを前提に、差別を恐れず学べる環境作りが大学の役目だ。近く英国からシンポジウムに出席する女性教授を迎える。同性パートナーと共に来日する。ちょっと日本が恥ずかしい。

（'17・12・13）

横綱の品格

相撲界ではこのところ「横綱の品格」が問題になっている。相撲を格闘技だと考えると品格ってほんとに必要？　と思うかもしれないが、必要なのだ。

江戸時代は大関が最高位で関脇、小結と続き、横綱は番付に載っていない。番付に横綱が入るようになったのは一八九〇年で、明治時代になってからである。では江戸時代に横綱はいなかったのかと言えば、いたのだ。しかし彼らは番付上は大関で、そのなかで選ばれた者だけが、綱を締めての土俵入りを行うことができた。

綱を締めての土俵入りは一七八九年が最初で、そのとき横綱を免許されたのは谷風梶之助と小野川喜三郎だった。そして一七九一年、最初の上覧相撲が行われた。将軍に見せる相撲のことである。これら横綱免許や上覧相撲を仕掛けたのが吉田善左衛門で、これを機会に、吉田家が相撲の家元的な存在であることを内外にしらしめた。

ところで、人々は綱を見たときに「注連縄《しめ》」と呼んだ。まさにそう見えた。力士は日本の神話にも古代史にも登場する。神話では、岩戸に隠れたアマテラス（太陽の象徴）を引き出して、一陽来復という重要な仕事を行った。史実では「日本書紀」に登場して、百済の使者と王族の前で相撲を見せた。貴人の死に際し葬送儀礼の一部として相撲をとった可能性があるという。神話上で冬至の一陽来復が仕事であるなら、現実では生と死をつかさどるシャーマンであった可能性がある。大地を踏むことで土地の精霊に豊穣《ほうじょう》を祈る役割もあったといわれる。綱は、そのシャーマン的な役割を再び呼び起こす機能を果たしたはずだ。横綱は「神の依《よ》り代《しろ》」なのである（参考＝土屋喜敬著「相撲」法政大学出版局）。

相撲界ではそれを教えていないかもしれない。勝ちさえすれば横綱になれるなら、若い力士たちは横綱へ敬意を払わない。江戸時代の制度に戻したらどうだろう。

（'17・12・20）

もどき

私は大学生のころ、研究者の本ではなく小説家のエッセーを読んで江戸文化にのめりこんだ。非常に衝撃的な体験で、日本文化の重大なメカニズムが瞬間的に見え、「わかった」と思えたのだった。

「かれらにとって、象徴が対応しないやうな思想はなきにひとしかった。(中略)お竹説話に於《おい》て、われわれはそこに二重の操作しか見ない。一面は江口こそ歴史上の実在で、お竹こそ生活上の象徴であるやうな転換の仕掛に係る。また一面は眼をひらけばお竹、眼をとぢれば大日如来といふやうな変相の仕掛に係る」という石川淳の文章が、それである。お竹は江戸時代に大日如来の化身とあがめられた女性。存在の重層性と「やつし」(別の姿をとること)という方法が日本文化の核心だと直観した。

先日、松岡正剛著「擬《もどき》」を読んでいて、二〇歳のときの記憶がよみがえった。本の題名と同じ「擬」という章だ。折口信夫論なのだが、「あらわれごと」と「かくりごと」で成り立っていた日本が、後者の「見えない世」を公式に否定したことで近代ナショナリズムが勃興し、戦争に突入していったのではないか。その可能性とメカニズムが鮮明に書かれていたのである。

人も、世も、そもそも二重になっていて、見えない側の何かを、文化がもどいてきた。つまり近似的に模倣してきた。もどきには、その「何か」がくっついていて、それが「日本文化の景色の中をずうっと摺《す》り足で動いていく」と、日本の方法を視覚化したのである。江戸時代の思想家たちが論じてきたことも、そのことだった。

そこで、こんな想像をした。今ごろ、この本をたまたま読んだどこかの若者が「こんな文章、分からない！」と言いながら、心の中で「そうなのか」とつぶやく。知識が無いのに納得する、ということがある。つまりは、それを引き起こす書き方がある、ということだ。そこにも「もどき」の方法が潜んでいるのかもしれない。

（'17・12・27）

Ⅳ　余聞

変えられるものを変えよう

私は二〇一一年三月一一日、人間の力では変えられないものが厳然としてあることを、深く心に刻んだ。変えられないものとは「自然の力」である。

頭ではわかっていたが、都市生活を送るうちに自然は遠いものとなり、ほとんど考えなくなっていた。それが自分の生命を支えている恵みの源泉であるにもかかわらず、衣食住は人間の作ったシステムによってもたらされると、どこかで錯覚していたのだ。建設会社があるから家が建ち、ブランド店やデパートがあるから服を購入でき、スーパーがあるから米や野菜が手に入り、コンビニとファミレスがあるから食事に困らない、という類の発想のことである。そのような発想の果てにあるのが、多くの店が集まる都会が豊かで、それが無い地域が不便、貧しい、と考える価値観だろう。本当は逆で、都会にはものを売る仕組み以外何も無いことを、私は承知している。それを教えるために、学生を連れて幾度も森林や農村を訪れた。

しかし、本当に分かっていたのだろうか？　自然の恵みのみならず驚異もまた、遠いものとなっていた。堤防があるから、厚い壁があるから、高層の建物だから、と安心して暮らしていたのではないだろうか。

人間は自然を変えることはできない。「自然を破壊できるではないか」と言うかも知れないが、ほんとうに自然を破壊したときには人間は消滅している。人間は自然の一部だからである。人間が生きているということは、自然はまだごく一部しか破壊されていない、ということなのだ。今は「破壊が始まってしまった」という段階なのであろう。しかし始まってしまえば、それを強力な力で止めない限り、坂をころがるように破壊は進み、人間も生きてはいられなくなる。自然の破壊は人間の破壊であり、自分自身の破壊である。必ずそれは同時に進む。

人間は空気と水と大地がなければ生きられない。それらは生命にとって基本的なものなので、売り買いの対象にすることや汚染することは自分の首を絞めることだが、すでに商品化は始まっている。それでもまだ、商品化もCO_2排出も「減らす」ことや「やめる」ことはできる。やめれば空気も水も大地も、なんとか元に戻る。しかし、人類の時間のスケールでは元に戻らないのが「核」だ。核は人間のＤＮＡをも破壊する。

「農業は自然破壊のひとつである」とは、よく聞く言葉だ。日本では古代から農耕しているが、とりわけ江戸時代に入ると新田開発が急速に進み、平野に広大な田圃《たんぼ》ができていった。今ある日本の田園風景は江戸時代に作られたのである。森林伐採は戦国時代からおこなわれ、城の造営や鉱物資源の精錬や都市建設に膨大な木材が使われた。日本の森林の大部分は二次林である。しかし、それらは人間や生物のDNAにまで影響を及ぼしはしなかった。それればかりか、自然破壊が自分たち自身の生活の破壊であると気付いた幕府や藩の人間たちは、森林伐採に強力な規制を敷いた。実際に下流で洪水が起こり始めたのである。伐採を禁止する留山《とめやま》、伐採の種類を定める停止木《ちょうじぼく》などを決め、完全規制はできないものの、建築物は廃材を使い、城の建設を禁止した。さらに育林政策に転換し、木を植え始めた。

鉱物資源で輸入品を買いあさっていた戦国時代の価値観は、江戸時代には正反対の考え方に変わった。輸入を減らし、国内で自給する道を模索したのである。従来の麻に加えて自国で綿花栽培を拡大し、生糸の品質向上をめざし、生薬の研究と人工栽培に着手した。農書が編まれて農業技術が格段と向上した。陶磁器が各地で生産されるようになった。もともと優れていた和紙生産は、量の時代に入った。

開発は日々おこなわれ、技術や生活の質も向上する。しかしそこに「ものは有限であり、この世は循環する」という思想があれば、国土の性質や環境にそぐわない開発は起こらない。これは江戸時代のことであると同時に、つい先日行ってきたばかりのブータンの開発のことでもある。ブータンでは電力の全国普及が着々と進んでおり、馬に変わって自動車が増え、多くの人が英語を話す。しかし国土の六〇％は自然林でなくはならない、と決められており、国土の五〇％以上が自然保護地域になっている。選挙制度があって差別の撤廃と教育に力を入れているが、その一方で民族衣装の着用と瞑想が奨励されている。グローバリズムのなかでそれに呑み込まれることなく、取捨選択して自立をめざすその姿勢は、日本では江戸時代までで終わってしまった。しかし再びその姿勢を取り戻さなければ、日本はグローバリズムのみならず核にも呑み込まれる。原発の再稼働を止められるかどうかは、分かれ目になるだろう。

自然は本来、人間の都合によって自由に変えることなどできないものである。できると思ったとたんに、その考えが人間自身を滅ぼすからだ。一方、人間には容易に変えられるものがある。政策や方針や意志や社会習慣である。変えられないものを変えようと無駄な努力をし、変えられるものは変えなかった。私たちはやりかたを間違え、失敗してきたのだ。三・一一はそれを教えてくれた。

江戸に新しい物語を

法政大学に国際日本学研究所ができて六年がたつ。能楽研究所などと一緒にさまざまな成果を出してきたが、江戸学もそろそろということで、ちかごろ研究会で「国際江戸学」という話をしてみた。

「国際」がつくのは、ただ流行に乗ったということではない。私は二二年前の「江戸の想像力」（筑摩書房）から一貫して、江戸時代は国際環境からしか説明することはできない、と言ってきた。江戸時代のはじまりは、日本の銀の生産と世界流通、ヨーロッパ諸国のアジア進出やアメリカの植民と深い関係がある。秀吉や家康の動向だの関ヶ原の戦いだのは、その地球規模の動きという海の上に漂う船なのだ。秀吉は過大な自己評価に陥って舵取りを誤った。家康以下初期の将軍たちは、舵取りに成功した。秀吉晩年の自己評価と情報分析の誤りは、太平洋戦争時の日本によく似ている。

私が江戸を専門にしていると言うと、勘違いをなさるかたが時々おられる。秀吉や信長の話をしてくるのである。彼らは江戸時代の価値観の対極にある人物たちで、彼らを好む人々は、江戸時代を好まないか、あるいはよく知らない。戦国時代と江戸時代を混同している。秀吉好きな人はたいてい、かけひきと戦争の興奮が大好きだ。信長好きな人は、ヒットラーやポルポト型の強引なリーダーが好きだ。強引さを個性や強さと一緒くたにしていることがある。江戸時代は国際環境のなかで、そのどちらとも訣別したのだった。

江戸時代が独自な舵取りをしたことは、いくつもの面で見える。ひとつは出兵の要請があっても、断わり続けたことである。アジアは大きな変動の時期だったので、兵を出すことで東アジアに一定の地位を占めることはできたかも知れない。しかしそれは、産業と文化の成熟のない日本にとって命とりだったろう。

もうひとつは輸出入のコントロールである。高度な技術に達した磁器などは輸出し、まだ競争できないものは輸入し続けた。輸入しながら技術や知識を身につけたのだ。中国の最高級の生糸、朝鮮や中国の生薬、インドの各種の綿織物、中国や朝鮮や琉球やアムステルダムの書籍などである。今日のように「安いから」という理由で輸入するのではなく、高度だから、という理由で輸入するのである。そしてそれらから学びながら、学者が育ち、生糸を生み出せるようになり、生薬の人工栽培をすすめ、綿花から木綿織物までを一貫して生産できる国になった。徐々に競争力をつけたのである。コストの削減だけ考えて競争力を失って行くような方向はとらなかった。江戸時代の産業や流通は、国際環境の中で理解することによって、何をしていたかがわかるのである。

また植民地と奴隷労働をともなった産業革命の意味を問い直したい。当時の日本は、意味もなく「鎖国」した愚かな国だったのだろうか？　それは議論できるはずであるし、すべきであろう。「自由と民主主義」を標榜する米国の本当の顔は何か、という問い直しにもつながるはずである。それは、幕末の日本で、なぜ米国との間に不平等条約を結ぶことになったかという問題にも関係する。機能不全に陥っている幕府を解体するのに再び天皇制が必要になったわけは何であったのだろうか？　それは「日本の特質」の中にあるのではなく、欧米や中国との関係の中にあるのではないだろうか。幕末の状況は、戦後の日本に天皇制が残された理由の一端が米国の都合にもあったことと、どこか似ている。明治以降の天皇制は、欧米列強に利用されてきたのである。

なぜ江戸時代には存在しなかった「鎖国」という言葉が、まるで江戸時代の代名詞のように使われるようになったか、その政治的背景も、さらに検討すべきことだ。

国際江戸学について話すことは、私にとって、まだまとまらない今までの仕事の断片を、拾い出してお見せすることでもあった。なんとかまとめたい、と思っていることが、いくつかあるのだ。

ひとつは、国際環境の中での江戸時代を充分に検証するために、布を使ってそれを描くことである。銀と生糸が取引され、銅と木綿布が取引され、それらはアジアの植民地化に直接つながっていた。江戸時代の日本は国産化を進めて独自に切り抜けていたが、明治になると他のアジア諸国と同じ状況に追い込まれる。その様子が、さまざまな文様の着物を通して見えてくるのである。縞木綿はインドから江戸にやってきて、江戸の「いき」を作った。更紗の布もインドからやってきて、その花文様をイギリスのファッションと共有した。しかし江戸時代の日本では、四季の風景と物語をも文様にして着物に入れ込み、それは日本以外のどこにも出現しなかった。そしてガンディーの独立運動も、「布」という視点から新たに見えてくるものがある。これらのことをばらばらには書いているが、一冊にしなければ、そのつながりは伝わらない。

もうひとつは、「鎖国観」をはじめとして、近現代が江戸時代をどう誤解しながら描いてきたか、の歴史をまとめることである。そこに見えるのは江戸に対する近現代の幻想（私自身の幻想も含め）の歴史ではないか、と思う。なぜ全人口の六％しかいない武士ばかりが時代劇や時代小説の主人公になり、ほとんど起こらなかった剣の抗争を展開するのだろうか？　なぜ「武士道」という江戸時代には存在しない概念が、日本人の誇りの核心のように論じられ、世界に宣伝されたのだろうか等々、不思議なことはたくさんある。

またひとつは、「しにか」という中国文芸の雑誌に連載していた「アジアものがたり連鎖」の輪をきちんと閉じることである。これは、在外研究のためにイギリスに行くときに中断し、そのまま放置されてしまった。物語とは何か。人間はなぜ情報の断片から物語を紡ぐのか。なぜその時に祖型（マザータイプ）を使うのか。物語の祖型とは、人類のものか、個々の文化のものか。これは松岡正剛が「国際物語学会」を立ち上げたときに始まった研究だったが、学会の消滅と同時に私の研究も、周囲の研究も終わってしまった。終わらせてはならない研究だったと、今でも思っている。

そう思う理由のひとつが、私自身のなかにある。私はＮＨＫの人間大学で「山東京伝と江戸のメディア」を講じ、そのテキストをもとに本にする予定だった。図版もすべてそろっていた。原稿の下準備もできていた。しかし書けなかった。書くのが好きな私が、もっとも好きなテーマで書けなかった、ということは自分自身にとっても残念な思い出だ。その理由が今ではわかってきた。問題は「物語」である。山東京伝、平賀源内と小田野直武、恋川春町は、私にとって単なる研究材料ではなく、自分の中に生きている。彼らについては、研究という方法や文体が、もっとも遠いものに感じられるのである。しかし評伝という方法でもない。何らかの物語の構築を必要としている。

戦国時代や幕末が多くの人に好まれてきたのは、そこに物語があるからだ。スポーツがそうであるように、善悪（敵味方）二つに分かれた抗争は物語になりやすい。しかし敵も味方もなく、善悪もあいまいな日常生活は物語になりにくい。山東京伝や恋川春町は、そういう日々を物語化した。歌舞伎も浄瑠璃も、そういう日常をさまざまな手法で物語化してきた。もちろん時代小説や歴史小説も、その作家なりに物語を作ってきた。物語とは、その対象によって出現するものではなく、物語を作る側の想像力によって出現するのである。そのことから、物語は時代の可能性と限界の両方をもっている。

たとえば歌舞伎や浄瑠璃の物語には型がある。多くの演目が実際に起きた事件をもとにしているが、それは当時の作家や観客のなかで、彼らの価値観に沿って物語化されている。松の廊下事件と吉良邸への討ち入りは実際に起きたが、その事件はまず「太平記」の物語に沿って善悪を決められ、当時の人々の権力への反発心によって、さらに事実から離れてゆく。むしろ事実から離れて脚色されたそのスピードと数という点で、「仮名手本忠臣蔵」は出色なのだが、それがこの事件の価値と混同されている。事件そのものの意味（違法性、理不尽、間違った相手へのテロ、綱吉の裁きの理由）を、現代の価値観に照らして考えようとする試みは闇に葬られているのだ。討ち入りは、今現在の私の価値観に照らして、本当にそれでいいのか、と私は問うてみる。新撰組も尊皇攘夷も、本当にあんなことでよかったのか、と。

現代の時代小説、歴史小説を思い返してみると、やはりそこには物語のパターンがある。たとえば存在の二重性である。身分や収入の上では落ちこぼれだが実はめったにいない剣の達人だったり、売れっ子遊女だが実は敵討ちをもくろんでいる武士の娘だったり、という構図は、歌舞伎で使われる「実は」のパターンである。そもそも「剣の達人」や「敵討ち」という物語そのものが、江戸時代初期に確立したかなり古いパターンだ。すでに山東京伝はこれをからかっている。「復讐後祭祀《かたきうちあとのまつり》」という黄表紙では、まず敵《かたき》が死んでいることが明かされるのだが、主人公の武士は敵討ちものの本を読んで敵討ちをやりたくなり、身をやつしたり、病人になったり、かくまわれたり、芝居そのもののプロセスをたどって敵討ちを演じなければ気が済まない。人は現実を生きるのではなく、物語を生きるのである。江戸時代にすでに突き放されているこの「敵討ち」パターンは、近いところでは松井今朝子の「吉原手引草」が使っている。

「心中」も、山東京伝によってからかわれている。「江戸生艶気樺焼《えどむまれうわきのかばやき》」は、恋に落ちて心中するのではなく、心中を目的にすえて、そこに至るまでの恋を徹底して演出する主人公を描いた。江戸時代の浄瑠璃も、近松門左衛門の時代は本当の心中事件を浄瑠璃化したが、その後は、単なる殺人事件と思われる実話を心中物語に仕上げることもあった。この「心中」という日本にしかない物語は、周知のように現代日本にも継承され、ネット心中というものまで生み出している。

私の好きな江戸人たちを描くために、手垢にまみれた歌舞伎的物語ではなく、真実らしく見える研究とか評伝という方法でもない、新しい物語を考えている。

江戸の庶民に学ぶ、生きた経済学

井原西鶴の「日本永代蔵」（一六八八年刊）という小説に、布のはぎれが並べられるくだりがある。「金襴《きんらん》類一人。日野、郡内絹類壱人。羽二重一人、沙綾《さや》類一人。紅《もみ》類一人、麻袴《あさばかま》類一人、毛織類一人。此ごとく手わけをして天鵞兎《びろうど》一寸四方。緞子《どんす》、毛貫袋《けぬきふくろ》になる程。緋繻子《ひじゅす》、鑓印《やりしるし》長《たけ》。龍門《りゅうもん》の袖覆輪《そでふくりん》かたがたにても、物の自由に売渡しぬ」――この物語は、江戸最大の呉服屋、三井越後屋のことを書いたものだ。越後屋では、四〇人余りの手代がいた。それぞれに担当の織物を決め、責任を持たせていた。まずそれが書かれている。金襴、日野絹と郡内絹、羽二重、沙綾織、紅染め、麻の袴、毛織物、それらの布に、まるでお世話係のように一人一人担当者をつけていたのである。それに続けて、ビロードのはぎれ、小さな袋に使うぐらいの緞子、槍の先端に付ける槍印に使うくらいの長さの緋色の繻子、袖のくるみ縫いをする龍門織など、小さなサイズのはぎれが並べられる。当時、呉服屋は反物《たんもの》を売るだけではぎれは売らなかった。しかし三井越後屋は醤油や味噌を売るように、小さな単位の商品もどんどん売ったのだった。

実はこれらのはぎれはいずれも、とても貴重で高価な布である。暖かくつやつやしたビロードはヨーロッパのものだ。どっしりと威厳のある輝きをもつ緞子、龍門織、そして光りながら流れるようになめらかな繻子は中国の最高度の技術で織られ、日本にやってくる。これらのはぎれだけではない。実際に残っている袋物や、つぎあて、パッチワークなどに使われた布の中には、インドから輸入した唐桟《とうざん》（縞木綿《しまもめん》）、花柄の更紗《さらさ》、そして日本で織られていた様々な美しい布が、あふれるほど使われている。

私たちはよく和服のことを話題にするが、はぎれのことは話題にしない。商品価値がなく、企業の利益につながらないからだ。しかし着物は着られなくなったからと言って棄てるものではなかった。糸を抜けば幾枚かの長方形に戻るので、そこから使えなくなった部分を除き、小さなサイズの着物やふとん皮や座布団や風呂敷や敷物や大小の袋物、巾着、袖や裾を補修する布、煙草入れの内部や側に使う布、集めて縫い合わせて着物を再構成する布、そしてつぎあてをして新たな衣類に再生する布などになったのである。

堀切辰一の「襤褸《らんる》達の遍歴」（染織と生活社）という書物がある。ここには五センチ四方ほどの小さな裂《きれ》の実物が、一冊の本の中に四〇〇点も添付されている。これらの布は、使い古し、何十枚もつぎはぎし、着物や腰巻や野良着や布団地や蚊帳《かや》として使われていたのである。農作業で使った野良着、半纏《はんてん》、腰巻は、すり切れるとつぎあてをした。同じ布は無いので、様々な布が合わされ、それが美しい新たな衣類として蘇った。ある腰巻きに当てられた布は八三枚あったという。とても丁寧に縫いつけられ、何度も洗濯され、きちんとたたまれていたという。堀切辰一は、「きれいに洗ってある」「きちんとたたまれている」ことに注目する。はぎれはゴミではない。不要品でもない。かつての社会における価値観のもとで、宝物のように大切にされ、使われ、愛されたものなのだ。縫っても刺しても、当て布をしても着られないようになると、そこでやっと「布の寿命がきた」と言って、着る物ではなくなる。しかしそれでも棄てられることはない。裂いてそれを糸にし、裂き織りを織ったのである。裂き織りは敷物や入れ物や帯として使うことができた。

布の最後の最後は、かまどに入れられて燃やされる。燃やすと灰になる。その灰は「灰買い」に買われていって、洗剤や染物や畑の肥料となって再び土に戻り、その土から桑や綿花が育って、また布に生まれ変わるのである。

同じことは紙でもおこなっていた。毎年学生と一緒に江戸を探索する。浅草も歩く。歩くコースの中に必ず「山谷堀」があるのだが、その堀に「紙洗橋《かみあらいばし》」という橋がかかっている。そのあたりは漉き返し紙（リサイクルペーパー）の産地だったのだ。もとは浅草田原町という雷門あたりに、漉き返し業者が集まっていたという。幾度も漉き返された果ての紙は落とし紙（トイレットペーパー）になったが、かまどで燃やされることもあった。その灰はやはり灰買いに買われていって、再利用された。

江戸時代は出版業が起こり、大量の本が印刷、出版されていた。武士はみな学問をするようになったので、学問の本もある。庶民の読む戯作や黄表紙（漫画本のようなもの）や浮世絵も、寺子屋の教科書や手習いに使う半紙もたくさん使われていた。すべてコウゾやミツマタなど一年草を使用した和紙だが、それでも貴重な資源である。漉き返すのは当たり前だったのだ。

米を作ったときに出る大量の藁《わら》も、いろいろなものに利用された。今のウォーキング・シューズとも言うべき草鞋《わらじ》はとりわけ大量に使われたが、宿場には草鞋集積所があって、使えなくなった草鞋は集められて肥料になった。雨用のコートである蓑《みの》、米の俵、敷物である莚《むしろ》、様々なものを入れるかます、それを結ぶ縄、畳床、飼料、燃料などに藁が使われ、脱穀した後の殻は糠《ぬか》として漬け物に使ったり、体を洗う石鹸と同じ役割をした。捨てるものは何もなかった。

肥料には人間の排泄物、入浴後の湯、魚を洗った水、人間や動物の爪や毛、照明用の油を絞った残りかすなど、油分や養分を含むあらゆるものが活用されていた。中でも人間の排泄物は「下肥《しもごえ》」と呼ばれ、下肥問屋が人足を雇って江戸の屋敷や長屋からくみ取った。くみ取ればその料金を野菜や金銭で支払い、問屋に集め、農民に売った。排泄物は商品として取引されたのである。

竹は数カ月で大きくなり二年から四年で使用可能になる、人間にとって有用な植物である。江戸では、栃木や千葉から京橋の竹河岸へ運ばれ、京橋界わいに竹問屋があった。竹は箒、熊手、物干竿、筆、ざる、味噌漉し、茶漉し、桶のたが、火吹き竹、笠、駕篭《かご》、傘の骨、提灯《ちょうちん》、バレン、凧、竹馬、尺八、茶勺《ちゃしゃく》、茶筅《ちゃせん》、弓、濡れ縁、屋根、垣根など、あらゆる場面で使われ、使えなくなれば土に返った。タケノコの皮は水分をもつものの包み紙、今でいうラップ、ポリ袋として、つい数十年前まで普通に使われていた。

夜はほとんどの家で行燈《あんどん》を使っていた。ナタネ油が燈火の資源だったが、その絞りかすは肥料になった。蠟燭は高価で、大名屋敷や大店や遊廓でしか使われていなかったが、やはりもったいない。そこで、蠟燭から流れ出る蠟を集める業者がいて、蠟燭の流れでまた蠟燭を作った。陶磁器は割れても焼き継ぎ屋が集めて継いでくれた。鍋に穴があくと、ふいごをもった鋳掛屋が来て、穴をふさいでくれる。何でも修理して使ったので、修理する職というものがあったのである。

江戸時代が「貧しいから」このような生活だったわけではない。佐藤信淵《のぶひろ》は「経済要略」のなかで、「経済とは、国土を経営し、物産を開発し、部内（領地内）を富豊にし、万民を済救するの謂なり」と書いた。土を育ててそれを基本にものの能力を開き、すべての人を救済することが「経済」のもともとの意味なのである。江戸時代は、戦争を無くし貧困を生まないような社会を作るという基本の上に立ち、そのために無駄な消費（とくに膨大な輸入）をやめ、それぞれの土地の特性に合った産業を開発することで、人々が豊かになることをめざしたのだ。この考えのもとには、日本がそもそもその大量の富を使って、周辺諸国からいろいろなものを買っていた、という事実がある。室町時代、戦国時代、江戸時代初期までの日本は、大規模開発と海外貿易拡張の国だった。豊富な鉱物資源とくに銀によって、アジアの物資を買いあさり、鉄砲を製造し、大量の森林伐採をしてたくさんの城を建て、城下町建設を行い、運河を縦横に開削した。約十万人の日本人が東南アジア各国の日本人町に出張して貿易をおこない、ハイテク産業の中心である中国から大量のものを買い付けた。インド、東南アジア、朝鮮、琉球からも、様々な輸入をおこなっていた。自分では作れないので輸入していたわけで、その限りを知らない欲望の結果が、秀吉によるアジア侵略戦争になったのである。

この歴史は、拡大主義と自給率の低下は戦争につながることを教えてくれる。江戸時代はその失敗をふまえ、縮小と自給率の向上と、ものを作るための職人の増加をめざし、実現したのである。江戸時代の循環社会は「もの作り」の循環であり、自給生産する農村と、内需を活性化する都市のバランスの上に立った循環である。輸入過剰社会での再生や循環は極めて難しい。

再生という考えは森林にまで及んだ。「日本人はどのように森林をつくってきたのか」（築地書館）を書いたコンラッド・タットマンは、日本の森林政策を古代から見渡し、江戸時代については、一六七〇年頃まで木材が枯渇したこと、一六四〇年代〜九〇年代に、様々な伐採の制限が発令されたこと、しかしそれでも解決しきれず、一七〇〇年代からは、人工林育成政策が始まったことを書いている。確かに幕府も藩も、大きな洪水が伐採過剰を原因にしていることに気づいており、洪水をなくすために、指定区域内の立ち木伐採を禁止する「留山《とめやま》」、鷹の巣の保護を目的とした「巣山」、そして特定の種類の木の伐採を禁じた「停止木《ちょうじぼく》」を発令した。そして一六六六年、幕府は「山川掟《さんせんのおきて》」を出して、樹木を根から伐採することや、川筋や河原で新田畑を開発することや焼畑を禁じ、川上の左右に木の苗を植えることを命じたのである。しかし江戸時代の建築材料や燃料は木材だ。火事も多い。制限だけではもたなかった。そこでやがて、本格的な森の再生を始めたのだった。

学者である熊沢蕃山《ばんざん》も「大学或問《わくもん》」で、伐採の停止、造林、計画的伐採を主張した。その際起こる燃料の不足にはわらをもって対応し、建築材の不足に対しては寺社の新築をしないことや、材木のリサイクルを提案している。それればかりか、平和が続けば武士の城や屋敷も縮小するはずだ、と述べている。

日本には、古くから伝えられてきたと思われる「百鬼夜行」の伝説があり、それは「百鬼夜行絵巻」として描かれてきた。そこには、浅沓《あさぐつ》、琴、琵琶、笙、扇、さじ、白布。また、天秤棒、杓子、手つき鍋、五徳、摺り棒、刷毛などが一体化した鍋坊主。そして釜、鉦《かね》、文鎮などが妖怪になって出現している。ものは百年たつと生き物になるのだ、と言われる。ものには生命がある、という考え方だ。この考えは江戸時代まで受け継がれて、黄表紙の中にかまど、盆、包丁、すり鉢、茶筅、割れ鍋、ひしゃく、やかん、茶釜、銚子、とじぶた、はかり、ちろり、そして本たちが生きて活躍する話が作られた。

人間ばかりか動物にも道具にも命があり、だからこそその美しさ、便利さを味わいつくし、最後まで使って送り出し、またその命が土の中から生まれ出てくる。日本のリサイクルはそういう生命観をもとにしていた。単に損失を少なくするためのリサイクル、リユースではなく、命あるものと関わるリサイクル、リユースが大切なのである。

江戸は恋で溢れていた？

江戸に恋は溢れていたのだろうか？　いや少し違う。むしろ、「恋の物語」「恋の様式」「恋のノウハウ」で溢れていた、というのが正しい表現であろう。

物語とは、まず小説類がある。井原西鶴の「好色一代男」「好色二代男」「好色一代女」「好色五人女」をはじめとする好色物がその代表だ。「好色」とは恋する能力をもった男女へのほめ言葉である。これら好色物の中には、遊女との恋がもっとも多く書かれているが、世間の女性との、未亡人との、そして男性との恋も書かれている。

好色とは「恋の様式」のことである。恋の様式とは「文化」と言い換えてもいいかも知れない。「恋はこうあるべき」「こうあったら美しい」という美意識、価値基準である。その美意識や価値基準が物語を支え、また物語がそれを伝え、ときに更新する。好色を整理してみると、第一に文学（物語はもちろん、和歌や俳諧も）に詳しく、音曲や唄にも詳しく、恋心を理解および表現する言葉をもっていることである。第二に、人を気持ちよくさせるファッションセンスをもっていることである。第三に、人の魅力に敏感で、その魅力に対し、柔軟で礼にかなった対応ができることである。好色とは、そのような美意識と表現能力をもった「好色な人」が展開する恋の物語だ。

「好色一代男」では、恋の文化は子供のころに身につくことになっている。主人公の世之介七歳(数え年なので今の六歳)のときのこと。夜中にトイレに行きたくなる。世之介の家は金持ちだった。ぼっちゃんが起きると召使いも起きあがって、トイレにおともする。電気のない時代だ。召使いが足もとを照らして案内するのだ。トイレから出ると手を洗う濡れ縁がある。足もとが危ないので召使いは灯《あか》りを近づける。そのとき世之介は言うのである。「その火を消して近くへおいで」。召使いは意味がわからない。「足もとが暗くて危ないからこうしているんですのに、暗くしてしまっては……」。世之介は続ける。「恋は闇、という事を知らないのかい?」と。召使いは世之介の言葉の意味に気づいた。「恋は闇」、つまり「恋は心の迷い」という意味だ。その言葉だけ覚えて、世之介は勘違いしていた。トイレに行くときの暗闇のことだと思い込んでいたのだ。

召使いは笑いをこらえて火を消してやる。すると世之介は「乳母は見ていないよね?」。この物語の題名が「けした所が恋のはじまり」である。ここで語られているのは、肉体関係や恋心をともなった大人の恋の営みより先に、世之介が「恋の文化」を身につけていることである。これが「好色」なのだ。

召使いは次の朝、世之介の母親にこのことを話す。「つつまず奥様に申して、御よろこびのはじめ成るべし」。大人たちにとって、世之介の言動は「よろこび」以外の何ものでもなかった。七歳の子供が恋にあこがれて召使いを誘惑しようとしたことは、家族にとって大いなる喜びなのである。なぜならこれが単なる性への好奇心などではなく、欲望の発露でもなく、恋の文化という日本文化史上もっとも重要な教養を身につけていることの証左だからである。

世之介は八歳になると読み書きの先生についていたが、その先生にラブレターの代筆を頼む。そのラブレターは恋の告白ではなく、「きっと君は僕に何かうち明けたい気持ちがあるのでしょう。あるのならば、聞いてあげよう」という、図々しい手紙である。しかしどんな幼い内容であろうと、「恋文を書く」という行動の中に、立派な好色文化が育っているいることが見て取れる。この話は先生が疑いをかけられ（今で言えばロリコン趣味みたいに思われ）大迷惑を被ったのだが、最後はやはり皆で大笑いだった。この章の題名は「はづかしながら文言葉」という。

九歳のとき、世之介は今度は、遠眼鏡《とおめがね》を持ち出して女性の行水を眺める。そればかりか、夜になるとその女性の所に忍んで行くのだ。しかしやはり、世之介は性のことは何も知らない。女性は着物の胸元を開いて世之介を抱きしめてやると、そのまま駆け出して世之介の家に行き、一部始終を話して、やはり今度も皆で腹をかかえて笑うのである。今なら「とんでもないことを」と叱る出来事だが、世之介は性を知らないまま好色文化を体現している。その文化は、大人たちが賞賛してきたものなのだ。叱る理由も叱られるいわれもない。

大人になった世之介はむろん、性もわかるようになっている。そしてさらに、文芸の教養も積み、その背後にある美意識も理解している。その世之介にこういう出会いがあった。初夏のことである。近江の石山寺に参詣した際、ある女性とすれ違う。その女性は水色の単衣《ひとえ》に、同じ色の糸でひっそりと紋を刺繍したものを着て、外国製の布で作った洒落た中幅《ちゅうはば》の帯を結び、流行のてぬぐいを頭にかけて塗り笠をかぶっている。石段をゆっくりと上がり、「源氏物語」の話を腰元に聞かせている。石山寺は、紫式部が「源氏物語」を書いた所と言われている。その横顔を見ると、黒髪を短く切っていた。未亡人だったのだ。それがまるで紫式部のようなのである。石山寺で紫式部に恋をする、という趣向なのだが、この女なかなか強い。「あなたの刀の柄《つか》がぶつかって、私の着物を裂きました。なんとかしてください」と言いがかりをつけてきたのである。

実はこの破れた着物のせいで二人はそのあたりの家に籠《こ》もることになり、それがこの女性の目的だった。上品な風貌に積極的な恋愛術である。同様の話は世之介が江戸で浄瑠璃小屋に入ろうとするときにもあった。女性が呼ぶので話を聞くと、「今しがた親の敵《かたき》を見つけた」と言うのだ。「後ろ盾になってくれ」と頼まれ、放っておくわけにもいかず女性を茶屋に待たせ、家に帰ると鎖帷子《くさりかたびら》を着込んで駆けつける。ところが女が「命の敵」と言って取り出したのは、何年も使い減らした張形だった。

未亡人の話と同様、女性は恋に積極的である。しかしこの話は女性の能動性を語るだけでなく、やはり恋の文化を示している。「源氏物語」があり「敵討ち物語」がある。女性たちはその物語の中に世之介を引き込む方法で誘惑するのだ。だからこそ世之介は惹かれる。世之介が非難したり笑ったりするのは、いずれも恋の文化がない女たちである。好色物が高位の遊女たちに賞賛を惜しまないのも、その理由からである。吉野太夫《たゆう》に代表されるように、遊女は書、茶の湯、生け花、和歌、俳諧、漢詩漢文に至るまで、世の女性に比べ教養と能力がぬきんでていた。しかし学問や教養があるだけなら、教育を受けた武家の女性たちも同様だ。好色と言われる恋の能力はこれらの教養の上に、それを活用するもてなし、楽しい会話、楽器や歌で雰囲気を作る能力、ほどほどの酒で人をくつろがせる力などが必要だった。遊女はそれらを兼ね備えていたがために、恋のプロフェッショナルだったのである。

食欲にまかせて食べるだけなら料理人は要らない。しかし場も時間もプロセスも食器も色彩もデザインも季節も会話も楽しむのなら、料理のプロフェッショナルが必要である。性欲にまかせるなら恋は要らない。しかし充実した真に人間的で贅沢な時間を得るのであれば、恋のプロフェッショナルが必要である。そしてシェフに善し悪しがあるように、恋のプロにも善し悪しがあり、レストランに五つ星や三つ星があるように、恋のプロを評価する「遊女評判記」があった。その評判記から、好色物や酒落本が生まれたのだった。そういう意味で、江戸時代は恋の文化に溢れていた。

恋の物語は小説だけでなく、浄瑠璃（現在の文楽）や歌舞伎芝居にも溢れている。浄瑠璃と言えば心中物、心中物と言えば近松門左衛門の「心中天網島《しんじゅうてんのあみじま》」と言われるくらい、恋と心中は結びついており、なかでも「心中天網島」は傑作である。心中は「恋の手本」と言われた。それは、お金や名誉や地位を棒にふっても、恋を選んだためにお金につまり、義理につまり、心中するしか方法がなくなるからである。当時の人々はそこに「純粋さ」を見た。うまく立ち回る賢い人たちが溢れるなかで、そうなれない人々の共感を呼んだ、という面もあるだろう。

なかでも「心中天網島」は、日本特有の複雑な「家」と「企業」の一体化や、企業と金、という問題がからんでいた。一七二〇年、旧暦の一〇月一四日にその心中事件は実際に起こり、すぐに浄瑠璃化されたのである。現代でも、時代を象徴する事件は共感を呼び、マスコミが盛んに報道するだけでなく、本になりドラマになり映画にまでなるが、それと同じである。

紙屋を経営する治兵衛は、いとこのおさんと結婚した。周囲は皆親族である。二人の子供もある。治兵衛は小春という遊女と恋に落ちている。小春には他の男性から身請けの話があるが、治兵衛には自分の使える金がない。いよいよ身請けが決まった。それを聞いたおさんは、「小春は自害するつもりだ」と直感し、自分の着物をぜんぶ夫に渡して小春を身請《みう》けさせようとする。しかしそこにおさんの父親がやってきて、おさんを連れ帰ってしまう。治兵衛は小春と心中道行《みちゆき》に出発する。

実際に心中事件が起こるので、心中浄瑠璃が作られる。しかし浄瑠璃が大入りになるとまた心中が増える。そういう循環が起き、さすがに幕府も心中物を取り締まった。しかし果たして心中は、恋を原因とするのか。つまり、ここで取り上げるべき事柄なのか。それがわからない。近松の心中物には必ず金の問題がからんでいる。今で言えば多重債務でどうにもならなくなるようなものだろう。江戸時代前期にあたる元禄時代は急激に貨幣経済が浸透し、お金に振り回される人々の苦悩があった。金は手に入るが、それを使ってしまったために仕事も人間関係もうまくいかなくなるのだ。そこに、もともと借金のかたとして働いている遊女がからむ。人々は「人ごとではない」という気持ちで浄瑠璃を見たに違いない。それは恋についてではなく、うまく立ち回っていながら、いつそれが破綻するかわからない人生についてであり、金にがんじがらめにされた自分自身についてである。

では、心中物は恋物語ではないのだろうか？　恋が人をどう狂わせるか、それを知らしめてくれるという意味では恋物語であろう。そして「心中天網島」について言えば、私は小春ではなく妻のおさんに、真剣な恋を発見する。夫に生きていてほしい。そのためには小春にも生きていてほしい。その一心で自分の財産をなげうち、妻としての立場も捨てようとした。理屈や思想ではなく、損得勘定もなく、思わず身体が動いてしまった。おさんは簞笥《たんす》から着物を次々と出してゆく。この作品の圧巻は心中道行ではなく、その場面である。そういうシーンを入れたことで、「心中天網島」は恋物語になった。

浄瑠璃だけではない。歌舞伎にも恋は溢れている。浄瑠璃から歌舞伎になったものを除いても、あまりにもたくさん恋人同士が登場し、「ありふれている」と言った方がいいだろう。その全てが様式化されていて、恋のシーンというより、観客が登場人物に恋をするように仕掛けられている。たとえば「助六由縁江戸桜《すけろくゆかりのえどざくら》」の助六は花魁《おいらん》の揚巻と恋人らしいシーンがあるわけではなく、むしろ助六の色気（セクシーな存在感）が際立っている。後の「色悪《いろあく》」はまさにそのために作り出された存在で、「東海道四谷怪談」の民谷伊右衛門《たみやいえもん》や、「桜姫東文章《さくらひめあずまぶんしょう》」の釣鐘権助など、とりわけ男性の色気が強調される。

恋、それも女性の恋そのものをテーマにしたものは、むしろ長唄や清元、新内節、歌沢《うたざわ》、小唄、端歌《はうた》などの、音曲が多いかも知れない。その代表は「京鹿子娘道成寺《きょうがのこむすめどうじょうじ》」だ。この長唄は能の道成寺をもとにしている。この曲だけでなく、邦楽の世界には多くの「道成寺物」がある。道成寺という寺の名、女がその寺へ来て舞を舞う、すきを見て鐘に飛び込む、という構成をもつものは、さまざまなヴァリエーションがあっても道成寺物だ。この話は女が男（僧侶）に執着する、男が逃げる、女が追いかける、途中に日高川がある、その川を渡ると女が蛇になる、さらに男を追いかけ道成寺に至る、その鐘の中で男が焼け死ぬ、という、まさに恋のストーリーをもっている。江戸時代の人々は、「女が追いかける、男が逃げる」という恋（片思い）の物語を恋の代表と見ていた。この執着は仏教から見れば乗り越えるべきものだが、江戸人の快楽主義から見れば華麗に「様式化」するにふさわしいものだった。

「言わず語らぬ我が心、乱れし髪の乱るるも、つれないはただ移り気な、どうでも男は悪性者《あくしょうもの》」「それがほんに色ぢゃ、ひいふうみいよう、夜露雪の日下《しも》の関路《せきじ》も、共にこの身をなじみ重ねて」「露を含みし桜花、触《さわ》らば落ちん風情なり」「憎てらしいほど愛《いと》しらし」

——きりがなく、この曲の中には恋の言葉がちりばめられ、しかもそれが遊廓尽くし、山尽くし、名所尽くしの中に織り込まれている。恋の言葉が謡曲、民謡の鞠《まり》歌、花笠踊り、手踊りの中に唄となって溶け込み、主人公は生娘のはずなのだが、いつの間にか遊女（格好は白拍子《しらびょうし》）になっている。あるときは毅然と、あるときは鞠をついて遊び、あるときは媚びる。私は長唄「京鹿子娘道成寺」を聞くたびに、江戸時代の恋の文化のすごさを感じ取る。

これほどの、大人数と大きな舞台を必要とする長唄でなくとも、三味線を弾きながら座敷でちょっと歌う歌（唄）は、そのほとんどがラブソングだ。「忍ぶ恋路は、さてはかなさよ。今度逢うのが命がけ、よごす涙のおしろいも、その顔隠す無理な酒」「逢えば別れとかねては知れど、今朝の後朝《きぬぎぬ》いつよりつらい。残る移り香わすられぬ」なんぞと歌う。これらは歌沢だが、新内節のように、恋の発端から心中までを語ることがある。その新内節や清元を、より短い小唄にして歌うこともある。歌（唄）そのものが恋の物語なのだ。そしてその全てに三味線の音がともなう。三味線の音は恋の心情を際立たせるものとして「淫声」と呼ばれた。そこに、平安時代の和歌の流れをくむ恋の詞《ことば》が合わせられる。なるほど、江戸の空気には恋が満ちている。

がしかし、ラブソングが溢れていれば、ほんものの恋が溢れている、と考えるのは早計だろう。恋を肯定する人、恋にあこがれる人、恋を遊ぶ人、恋に託して表現する人、恋を絵に描き、工芸のデザインにし、唄にし、俳諧にし、物語にする人はたくさんいる、とは言えるが、恋そのものが溢れているわけではない。恋の文化が溢れている社会と、そんなものはないが皆が毎日性愛にばかり関心をもっている社会とでは、全く異なる社会である。江戸時代は前者に近く、戦後社会は後者に近い。私はどちらかというと江戸時代に暮らしたい。

江戸時代では、実際の恋が溢れているかどうかは別として、ともかく恋が肯定的にとらえられてはいた。好色は女性に対しても使うが男性にも向けられる評価で、恋に恋する男性や、恋を真剣に楽しむ男性の存在がよしとされている。しかし一方、恋はからかいや笑いの対象でもあった。性が笑いとともにある生命の発露であることは、すでに好色のところで述べた。好色や恋への肯定は、「人間として立派」とか「日本男児のあるべき姿だ」というたぐいの勇ましい道徳的な肯定ではない。いわば人間のおもしろさや矛盾や「情」への肯定であり、日常の平穏や笑いへの肯定である。好色が、戦争のない平安時代と江戸時代に文化の代表であったことは象徴的だ。好色や恋は、戦争や競争社会とは相容れないのだ。

「江戸生艶気樺焼《えどうまれうわきのかばやき》」という黄表紙（ストーリー漫画の一種）がある。黄表紙は今で言えば大人を対象にした漫画本で、全頁が絵になっている。艶二郎《えんじろう》という金持ちの息子がいた。だんごっ鼻と、間があきすぎた眼、丸い顔、という愛嬌のある顔だが、恋物語の主人公には絶対になれない存在だ。艶二郎は作者、山東京伝の生み出した江戸の人気キャラクターとなった。見るからに二枚目の山東京伝はしばしば、自分の顔を艶二郎のように演出したのだった。

艶二郎はわくわくするような恋の物語が好きで、この日も新内節の正本《しょうほん》を読んでいた。そして、その中に描かれている恋に心を奪われてしまう。「この主人公のような生き方をしたい！」と。この新内節の正本は、おなじみの心中物語であった。しかし彼があこがれたのは心中そのものではなかった。複数の女性に思いを寄せられ、焼き餅《もち》をやかれ、困り果て、親からは勘当され、ついには遊女と心中道行に出るという、その一連のドラマの主人公になりたくなったのである。

こういう場合、通常はまず女性に好感をもたれるよう努力するのだが、艶二郎は違った。彼は人生をドラマだと思った。「もてる男」を世間の人々の前で演じればそれでよかった。実際にもてなくてもいい。「あいつはもてるヤツだ」と評判が立ち、世間の注目を浴びたいのである。

が、どうすればよいかわからない。友人に聞いてみると「まずめりやす節を歌えるようにしろ」と言う。今で言えば、ギターの弾き語りでラブソングである。その曲数たるや六八曲。次にラブレターを書けるようになれという。これは平安時代から恋の鉄則である。ラブレターは日本文化始まって以来の恋の文化なのだ。そして彫り物（いれずみ）だ。腕いっぱいに女の名前を彫る。芸者を雇い、艶二郎を恋い慕って自宅に押しかけるようにさせ、親を困らせる。自分で読売（瓦版）を作って、そのニュースを自分で売り歩く。遊廓に出かけるときには、家に女性をひとり雇っておいて、焼き餅をやかせる。親たちに勘当してもらう。美男子の定番の仕事となっている扇紙の行商をする。最後には遊女との心中道行を、自ら演出する。この最後で本物の追い剝ぎが現れ、二人とも身ぐるみはがされ、ふんどしと腰巻だけの滑稽な裸の心中道行になる。

ここで艶二郎が起こす行動のリストは、「艶気《うわき》」のリストである。艶気は好色の大衆化だと言えるだろう。艶気は好色のマニュアル化であり、ノウハウとなった好色である。艶二郎は特定の女性に恋をして、その女性を恋人にしたいわけではない。新内節つまり恋物語にあこがれ、恋物語の主人公になりたいだけである。つまり恋に恋をしている。ここで、江戸が恋に溢れているように見えるひとつの理由がわかる。出版文化の隆盛である。

私はこの作品の第一頁目を見たとき、「ドン・キホーテ」の始まりにそっくりだと思った。ドン・キホーテも艶二郎も本を読んでいる。そして本の主人公になろうとする。とくに新内節は、ほんらい耳で聞く浄瑠璃の一種であるが、本のかたちをとって読み物として広く普及していた。世界的に、出版物が人間の実人生を呑み込む時代に入ったのだった。江戸の恋は明らかに、芝居および出版物によって町に溢れ、人はその中の恋に恋しているのだ。そこに恋愛市場が成り立った。このことなしに、吉原遊廓の隆盛はない。吉原は、出版や芝居や呉服市場と結びつき、茶屋の「もてなし」がその間に立って、綿密に計算された文化戦略をもっていたのである。

ところで、「江戸生艶気樺焼」のリストは、ラブソングを歌えることや、女性に追いかけられること、噂されることなどで成り立っている。ところが、「恋の成就」はリストにない。つまり、好色とか艶気とかいう恋の様式は、個人のスタイルに帰属するものであり、恋そのもののことを意味してはいないのである。彼らにとって現実の恋は「溢れる」どころか、めったに出会わない貴重なものだったのではないだろうか。だからこそ、恋への憧憬が本となり浄瑠璃となり芝居となる。恋がありふれていて常にうまくいくものなら、恋の市場は成り立たない。

個人のスタイルとしての好色や艶気はカッコ良い、とされていた。実際に女性にもてることより、もてている、艶気であるという評判の方を、艶二郎は求めている。艶二郎にとって「世間」は劇場であり、その劇場で物語の主人公になりたいのである。しかし大事なのは、この黄表紙はそれをからかい、笑っていることだ。艶二郎の艶気スタイルの獲得を肯定し応援しながら、あまりにもバーチャルなそのありようがおかしくてたまらない。その笑いは、自分もまた出版というバーチャル世界（浮世）に生きる作者自身の己れへの笑いであり、それを楽しんでいる読者自身の己れへの笑いである。自分で自分がおかしい。そこには自嘲という言葉にあるような苦みなど何もない。ただ人間のやっていることが、おかしいのである。

江戸に溢れる恋は、笑いながら味わうのが粋である。

いい男の条件

「ダンディ」というのは、わかりやすく言えば「おしゃれ」という意味だが、それは反対から見れば「気取っていてきざ」なのであり、あまりその手の男性には興味がない。そもそも私自身が「おしゃれ」にとんと関心がないのだ。

さてそこでどうするか。もっと広げて「いい男」とすればいいわけだ。いい男の中には、しゃれっ気はないが質実で誠実だとか、ひらめきがあるとか、芸術的感覚が鋭いとか、人間観が深くてすてきだとか、知性が極めて高いとか、世界認識や歴史認識に優れているとか、人間関係の作り方に妙があるとか、ユーモアのセンスが抜群だとか、言葉の感性がかっこいいとか、ぞくっとする文章を書くとか、さまざまな基準がある。

ここに、顔がいいとか手が美しいとか全体にセクシーだとか、という項目が挙がらないのは、対象が江戸時代人だからである。身体的な魅力や着物のセンスは、会ってみないとどうにもわからない。

いくつか基準を挙げてはみたが、私の独断で選んだら、それは私の男性の好みを言うにすぎない。しかも、大いに推測が入る。なにしろ名前や作品は知っているが、会ったことがない人ばかりだ。やはりここでは、「江戸の人たちがいい男だと思っていた」ことも考慮せねばならないだろう。「いい男」は、往々にしてフィクションの中で作られる。実在はしない。たとえば「江戸の人たちにとって、もっともいい男」の筆頭は花川戸助六である。助六には、江戸時代の「江戸」の人が好んだ男性の要素がモザイクのように組み合わされ、重層的に見られる。

まず、人の真似をしない独自のファッションセンスをもっていることだ。人がはやらせたものなど着ない。逆に、助六が着たものを人が真似する。助六は、杏葉牡丹《ぎょようぼたん》の五つ紋がついた黒羽二重《くろはぶたえ》の着物を着ている。裏には紅絹《もみ》をつけ裾回しも紅絹なので、黒い布から深紅が見える。これが助六の色気を作っている。その下に浅葱色《あさぎ》(水色)を重ね着し、さらにその下には緋縮緬《ひちりめん》の下帯をつけている。足を拡げればやはり深紅が覗き、それが肌の白さを際だたせる。着物には上品で格調高い綾織りの帯を締め、頭には紫の鉢巻を締めている。帯には印籠がさがり、後ろを向けば尺八がささっている。足もとは桐の下駄に黄色の足袋。髪は本多髷。この本多髷というのは、ちょんまげを可能な限り細く仕上げる髪型である。

これは、二世團十郎が日本橋の通人・金子屋文来や蔵前の札差・大口屋暁雨《おおぐちやぎょうう》に相談したとも言われるが、今私たちが舞台で見るデザインは、一八世紀後半の男性のファッションに近い。このころのお洒落な男性たちは、黒い着物ないしは、地味なねずみ色や茶色の着物を着て、黒い長羽織をはおった。華やかなたばこ入れを持ち、裏や裾回しや下帯に色を使ってどきりとさせる。髪は必ず本多である。そして時に皮肉な憎まれ口をきく。

このダンディズムの要素を並べるとこうなる。まず、地味であること。地味の際《きわ》や裏に、派手がひそんでいること。上品であること。しかし同時に、荒っぽくあること。荒っぽさは下品とは異なる。助六は隈取りをした荒事の主人公だが、曾我五郎という平安時代の貴公子なのだ。男性的な「荒」を持っていながら、同時に、女性的な「和」をもっている。豪快で明るく細かいことを気にしないが、同時に配慮が深い。威張る男性には強く、女性には弱い。「おかしみ」を愛し、権威を嫌う。髭やもみあげや毛深さといった動物的な男性性はまったくない。むしろ洗い上げたような清潔感にあふれている。本多髷はその象徴である。少年のような素直さと、権威を追い詰める強さが共存している。

上方のダンディズムの場合、このなかの「荒」「豪快」「少年ぽさ」「強さ」の要素が小さくなり、より女性的となる。助六のもとの話は、法善寺で島原の遊女と心中した万屋助六がモデルだ。万屋助六は大坂の豪商の息子である。この人物像は、近松の心中ものに出てくるような、肌の白い、性格は真面目だがちょっと精神的弱さのある二枚目である。これが江戸歌舞伎に入った。すると曾我五郎と合体されて荒事的になり、浅草の魚問屋の男伊達や、吉原に出入りする札差がモデルとなった。江戸のダンディズムでは、「荒」「豪快」「少年ぽさ」「強さ」が必需だったのである。助六のこれらの要素から、江戸の人たちの思い描いたダンディズムが浮かび上がってくる。

しかし「いい男」像は変化するものだ。江戸人たちは助六ばかり追いかけていたわけではない。そして私も、助六は「江戸的かっこよさ」の集大成だとは思うが、好みではない。一八世紀後半になると人々は男性に、助六のような荒事的豪快さを求めなくなった。ならば上方の商人風がいいのか、と言えばそれも違う。助六的なるものから豪快さは消えたが、上方の商人像にある真面目さや弱さが補塡されたのではない。むしろそこに、知性とユーモアと柔軟さと「ちょい悪《ワル》」が加わったのである。私は今これを、実在の人物である山東京伝（一七六一～一八一六）を念頭に置きながら書いた。

歴史学者の西山松之助はかつて、「江戸もの」「江戸生まれ」「江戸衆」など関連する語彙をありとあらゆる文献で調べ上げた結果、山東京伝こそが「江戸っ子」の特性を明確なかたちに典型化した人間だ、と喝破した。そのときにできあがった江戸っ子の概念とは、

「江戸城の近くで生まれ育った」「金離れがよく物事に執着しない」「育ちがいい」「日本橋を見て育った」「いきとはりを本領とする」だった。これは助六にとても近い。そしてここから荒事的要素を抜けば山東京伝にも近い。山東京伝は深川の質屋の息子として生まれ、幼いころから三味線などの音曲や浮世絵を稽古し、やがて浮世絵師になる。しかしその才能は絵師を突き抜けた。鋭さのあるユーモアのセンスで、黄表紙の最高傑作の作者となり、優れた洒落本を作り、膨大な読本を書き、ファッションや町の様子を描いた風俗史の本も制作し、たばこ入れ屋を経営し、遊女と二回結婚して脚気で亡くなった。父親思いで、妹、弟を愛し養ったが子供はいない。

山東京伝の町人的な知性と柔軟な強さは、自らをメディアと化すそのありように現れている。艶二郎（『江戸生艶気樺焼』の主人公）というキャラクターを創造し、その艶二郎に最先端のファッションをまとわせ、吉原の遊びを体現させ、「本（メディア）の世界をなぞって生きる町人」を演じさせたのだった。艶二郎は山東京伝そのものであるが、しかし同時にそのものではないことを、誰もが知っていた。山東京伝が細面の美男子であったことは、その肖像画で知れる。艶二郎は対照的に丸顔で鼻ぺちゃの子供顔で、眉のあいだが離れている。山東京伝は「艶」「通」「粋」を、「笑い」の器の中に入れたのだった。ダンディズムが笑いとともにある、というのはすごい。ここで「いい男」はやはり艶二郎ではなく山東京伝なのである。艶二郎は真剣だ。ダンディを信じ切っている。つまり野暮だ。山東京伝は艶二郎をテコにして「艶」「通」「粋」を突き放し、笑っている。笑いは知性に支えられている。

この典型的な粋人とは対照的に、どんな人間かよくわからないがきっと「いい男」だったろう、と推測できる何人かがいる。ひとりは駿河小島藩（現清水市）の藩士・倉橋格こと恋川春町（一七四四〜一七八九）である。この藩士がいなければ、町人・山東京伝も活躍できなかった。なにしろ子供の慰みものだった絵双紙（漫画のたぐい）を、大人のジャンルにしてしまったのである。最初の作品は、豊かさを求めて地方から江戸に出てくる若者の願望と失望をテーマにした。最後の作品は、松平定信のはた迷惑な真面目さへの、皮肉とパロディに満ちていた。そして満四五歳で亡くなった（自死と考えられている）。浮世絵師ではなかったが、その自作の黄表紙の絵は軽みがあって面白く、酒上不埒《さけのうえのふらち》という狂歌師としても、笑いを巻き起こす才能を発揮した。狂歌本に描かれたその容貌は、切れ長の眼をした貴族的な雰囲気である。九歳年上の秋田藩士・朋誠堂喜三二《ほうせいどうきさんじ》に守られるようにして活動していた様子からも、その才能は人々の関心を引きつけ、かわいがられたのであろう。弾圧を切り抜け生き延びた京伝に比べればナイーヴに過ぎるが、それだけにまっすぐで、権威をとことん嫌い、創造的な知性とユーモアを持った純粋な人物であったことが推測できる。

京伝の作品には極めつきのファッションが詳細に述べられるのに対して、春町はそういうことに無関心だ。やはり武士である。遊廓を知ってはいるが頻繁に出入りした形跡もない。下級武士のご多分に漏れず貧乏だったのである。妻と親たちの関係に悩み、子供を持ちながら離縁を余儀なくされ、再婚している。作家として頑張っていたところを見ると、金の問題だったか？　まるで藤沢周平の世界である。「江戸の『たそがれ清兵衛』」といったところだ。傘張りや鳥かご作りのかわりに、黄表紙を作っていたのであろう。ならば最後の作品「鸚鵡返文武二道《おうむがえしぶんぶのふたみち》」には、上意討ちの響きがある。

江戸のマスコミで有名な秋田藩士が二人いた。ひとりは春町と共同制作をしていた平沢常富こと朋誠堂喜三二（一七三五〜一八一三）で、もうひとりは西洋画家の小田野直武（一七四九〜一七八〇）だ。朋誠堂喜三二はその肖像画を見ても作品やふるまいを見ても、いかにも無骨で実直でいい人である。釣りが趣味でおだやかで家族思い、友だち思い、仁と義の人である。しかしダンディでもなければ謎もない。このような人は「いい男」に入れるべきか否か。迷う。

もうひとりの小田野直武は謎だらけの青年である。三一歳で亡くなった（この場合も自死と推測される）。私の想像では、角館《かくのだて》の雪で肌を洗ったような美青年で、感性の鋭い芸術家であり、野心家というより実験精神に満ちあふれ、それが自分ではおさえきれない。藩士には似合わない人だが江戸で生き抜くほど図太くはなく、周囲に愛されるが、それに応えるすべを知らない。知的だが言葉少なく、どこか精神的にもろいものを持っている。この推測の根拠は彼の残した絵画と、平賀源内が彼にそそいだ並々ならぬ恋情である。

小田野直武は源内に請われて江戸に出る。まだ誰もやったことのない、西洋銅版画の詳細な写しを筆でおこなうためである。それが終わってからも、直武は次々と西洋絵画の方法を日本や中国の絵画の方法と結びつけ、いわば絵画のクレオール（混成絵画）を作りあげた。これを「秋田蘭画」という。直武の秋田蘭画はただの模写ではない。画家として長生きし混成がさらに進んだときは、そこに何が出現しただろう。それを想像するとぞくっとする。しかし江戸滞在中も何か問題が起こったらしく、角館に呼び返されたりしている。詳細はわからない。単におとなしかったわけではないと思われる。謎は、源内の殺人事件と獄中の死、そして殺人事件に前後して角館に急遽呼び返されたことである。それから間もなく死ぬ。源内の事件は直武に関係しているか、もしくは直武が原因だったのではないだろうか。そうでなければなぜ三カ月後に、若い直武自身が死ななければならなかったのだろうか？　なぜ詳細が伝わらず病死ということになっているのだろうか？　もしほんとうに病死だったとして、なぜ病にかかったのだろうか？　直武自身による殺人の罪を源内がかぶった、ということまで私は想像している。おそらく女を惹きつけ男をも惹きつける。そういう「いい男」だったのでは？

江戸にはいわゆる創造者だけでなく、人と人、才能と才能を結びつけるコーディネイターの能力を発揮する人がいて、そういう人々によって才能が見出され、江戸文化が活性化していた。平賀源内、大田南畝、蔦屋重三郎がそういう人々である。彼らは「いい男」か？ まず、ダンディではない。人目を惹くいい男ではコーディネイターはつとまらない。嫉妬が先に立つからだ。しかし人の心を惹きつけ、楽しくさせ、まわりに人が集まって来るには違いない。自然にサロンができあがり、そのなかでこそ本人も楽しい、という人がこの役割を果たせる。なかでも蔦屋重三郎の才能を見る目は群を抜いていて、いわば人間についての目利きである。彼が生涯をかけて育て上げた喜多川歌麿は「いい男」か？ 歌麿の自画像は美しいが、しかし自画像だから何とも言えない。私は、歌麿という人は根っからの絵師で絵にしか関心がなく、人を想ったり想われたり、というところの少ない人ではなかったか、と考えている。道を歩いていても、女性を見ても何を見ても、絵のことしか考えていない、というタイプである。たとえ美男子でも、案外こういう男性はもてない。葛飾北斎も同じタイプで、さらに狂気じみていただろう。

蔦屋が育てた中でしゃれっ気があってすてきだったのは、十返舎一九と東洲斎写楽ではなかったか、と思う。十返舎一九はもとは駿河藩の武士であるが上方で浄瑠璃作者をやっていたし、料理、謡曲、狂言、書画に通じていて、とりわけ香道の名手であった。江戸に出てからは絵も描き、大量に本を書いた。生涯で約三六〇冊の著作がある。上方時代にも結婚していたらしいが、江戸でも二度結婚している。教養があって品がよく、その上で江戸っ子庶民的な気風を持った人物なのだから、女性が放って置かない気がする。

写楽もそのタイプだったろう。能役者としてひとかどの人物で、当然深い教養人だ。そのうえ歌舞伎芝居がめっぽう好き。つい蔦屋の誘いに乗ってお茶目をするが、「まずい」と思ったらすぐに手を引いて知らんぷりを決め込む。典型的な「粋人」である。

きりがない。考え出すと、あの人もこの人も「いい男」に思えてくる。まだ名古屋山三郎も直次郎も登場していないし、じつに個性的な熊沢蕃山も、江馬細香が生涯愛した頼山陽も気になる。二世團十郎のことを見ていると、彼を育てた生島新五郎がじつにいい男に思えてくる。上品と闊達、荒事と和事の混合という助六の創造は、生島新五郎あってこそのものだった。

そう言えば、ここに挙げた「いい男」たちはいずれも、品と庶民性を兼ね備え、知性と笑い（あるいは創造性）を両立させ、いわゆる「男らしさ」とは無縁で、権力権威嫌いの者たちばかりである。生島新五郎もそうであったろう。江島は、流罪どころか死んでも本望だったのではないだろうか。

あとがき

本書は、二〇一五年四月に開始した『毎日新聞』の週一回のコラム「江戸から見ると」の、二〇一五年四月から二〇一七年一二月までを収録している。そして末尾に、他の雑誌等に掲載された五篇のエッセイを加えて編集されている。

二〇一四年四月に法政大学総長に就任し、その後毎日新聞社から、エッセイの連載を依頼された。総長職を続けながら毎週書き続けることができるよう、二つのことを決めた。大学の執務を常に優先することと、決まりの締め切りより一週間前に原稿を渡すことである。そうすれば急遽優先すべき事柄が出現しても、本来の締め切りには間に合う。生々しいトピックには遅れることになるが、ニュース原稿ではないので、それは構わないだろうと判断した。

「江戸から見ると」はまさにその題名の通り、現代社会で起こる様々な事柄の背後にある価値観を、江戸時代の価値観から照らしてみることを目的にしている。多少前の出来事であっても、その出来事自体よりその根にある考え方を俎上《そじょう》にのせて考えてみる。いわば相対化するわけだが、批判が目的ではない。

たとえば近現代には江戸時代になかった「人権」という思想がある。これは個人の自由を保証する画期的な思想だ。さらに、人権に基づいた国民主権という考え方がある。それを明文化した日本国憲法がある。しかしそれらの価値に気づかず粗雑な扱いをするなら、江戸から見るとなんともったいないことを、と思う。近現代の成し遂げたことの価値を改めて実感することは、「江戸から見る」大事な意味なのである。

本書では、江戸の時間、空間を感じていただくことも大切にした。旧暦では今は何月何日ごろなのか、江戸時代の東京はどんな風景だったのか、少しでもそれを感じていただければ、日本の衣食住などの生活文化や、和歌俳諧や茶の湯などの日本文化に、改めて関心をもつことにつながるからだ。着物が面倒に思えるのも、暦《こよみ》と気候の両方が変化し、着物のルールと実際の季節感との間に溝ができてしまったせいでもある。知識はその溝を埋めるに違いない。

総長職にありながらの執筆なので、話題は法政大学および、世界や日本の大学全体の動向、学びの歴史などにも及んでいる。良いことばかりではない。軽井沢でのバス事故では学生が亡くなった。連載開始前に起こったＩＳによるジャーナリスト後藤健二さんの殺害は、素晴らしい仕事をしている卒業生の無残な死として、連載中にも取り上げた。軍事研究について明らかにした大学の姿勢も、ここで書いた。大学は社会と深くつながっている。学生時代にも感じていたこのことは、連載中にもたびたび考えることになった。

総長に必要なのは公正さである。大学を「わたくし」しない。つまり自分や関わりの深い人々の利益としない。ときどき書いている大学憲章「自由を生き抜く実践知」は、他者の自由を重んじるという公正さの上でこそ成り立つ自由だ。これは教職員とともに作り上げた言葉である。だからこそ総長はそれを守り、それを実現し続ける義務がある。自由と公正は、やはり現代社会が守るべき価値である。江戸時代の人々も、国や経済を「わたくし」しない、という姿勢をもっていた。「徳」を大切にしたからである。

このようにしてまとめてみて分かったことがある。江戸に暮らす人々が何を大切にし、私たちは何を大切にするのか。つまりは、それを書きたかったのだ。

連載をしているとそれだけでせいいっぱいで、本にまとめるなどとは考えられない。この連載に気づいてくださって書籍化することをご提案くださった青土社書籍編集部の足立朋也さんには、心から感謝申し上げたい。末尾に入れてくださったエッセイの選択も適切で、私にとって大事な著書ができた。

二〇二〇年九月

田中優子

本書のⅠ～Ⅲは、『毎日新聞』で連載されているコラム「田中優子の江戸から見ると」の2015年4月から2017年12月までをもとに加筆修正しました。
Ⅳは、以下に掲載された論考をもとに加筆修正しました。

Ⅳ　余 聞
変えられるものを変えよう（『環』vol. 49、2012年4月）
江戸に新しい物語を（『図書』2008年8月号）
江戸の庶民に学ぶ、生きた経済学（『熱風』2010年5月号）
江戸は恋で溢れていた？（『kotoba』2012年冬号）
いい男の条件（『東京人』2008年4月号）

田中優子（たなか・ゆうこ）

1952(昭和 27)年神奈川県生まれ。法政大学総長。江戸文化研究者。法政大学文学部卒業、同大学院人文科学研究科博士課程満期退学。法政大学社会学部教授、社会学部長を経て、現職。江戸文化を論じた著書多数。『江戸の想像力』で 1986 年度芸術選奨文部大臣新人賞(評論その他部門)を受賞、『江戸百夢』で 2000 年度芸術選奨文部科学大臣賞(評論その他部門)と 2001 年サントリー学芸賞(芸術・文学部門)を受賞。2005 年紫綬褒章受章。『毎日新聞』紙上でコラム「田中優子の江戸から見ると」を、『週刊金曜日』誌上でコラム「風速計」を連載している。

江戸《えど》から見《み》ると　1

2020 年 10 月 20 日　第 1 刷印刷
2020 年 10 月 30 日　第 1 刷発行

著　者　田中優子《たなかゆうこ》

発行者　清水一人
発行所　青土社
〒 101-0051　東京都千代田区神田神保町 1-29　市瀬ビル
電話　03-3291-9831（編集部）　03-3294-7829（営業部）
振替　00190-7-192955

印　刷　ディグ
製　本　ディグ

装　幀　今垣知沙子

ISBN978-4-7917-7317-6　C0021